Dede Ko

Türk edebiya ... yarı efsanevi bilge kişi. Kimliği hakkında kesin bir bilgi yoktur. Dede Korkut, Reşîdüddin'in *Câmi'ü't-tevârîh*'inde Oğuzlar'ın Bayat boyundan, Ebülgazi Bahadır Han'ın *Şecere-i Terâkime*'sinde ise Kayı boyundan gösterilir. *Bahrü'l-ensâb*, Bayındır Han'ın Dış Oğuz-İç Oğuz beylerini saydıktan sonra Dede Korkut'un bunların şeyhi olduğunu söyler. Hacı Bektaş *Vilâyetnâme*'sinde Korkut Ata, Oğuz padişahı Bayındır Han ve onun beylerbeyi Kazan ile birlikte anılır ve bunların ölümüyle Oğuz cemaatinin dağıldığı söylenir. *Câmi'ü't-tevârîh*'e göre Dede Korkut, Oğuz hükümdarlarının onuncusu olan Kayı İnal Han'ın başmüşaviridir. Dede Korkut göçebe Türklerin yüceltip kutsallaştırdığı, bozkır hayatının geleneklerini ve törelerini çok iyi bilen, kabile teşkilatını koruyan bir Oğuz büyüğüdür. Halkın atası, kabilenin reisi, bilgin, güçlü halk ozanı ve bilge olarak Dede Korkut'un tasviri kitabın başından sonuna kadar tekrarlanır. Hanlar güç durumlarda ona danışırlar; öğütler veren, yol gösteren, içinden çıkılmaz gibi görünen güçlükleri çözen hep odur. Ali Şîr Nevâî, onun Türk milleti arasında büyük bir yeri olduğunu, kendisinden nice yıl önceki ve sonraki birçok şeyi haber verdiğini söyler. O aynı zamanda Kazak-Kırgız bahşılarının piri olarak da tanınmaktadır. Dede Korkut eserde genellikle ozan olarak karşımıza çıkar. Şamanizm kökenli bir menkıbeye göre Korkut adlı bir şaman Kırgız şamanlarına kopuz çalmayı ve türkü söylemeyi öğretmiştir. Dede Korkut'un kişiliği hakkındaki bilgiler halk efsanelerinden, *Dede Korkut Kitabı*'ndan ve Oğuzların tarihi ile ilgili bilgi veren yazılı kaynaklardan gelir.

KIRMIZIKEDI

Kırmızı Kedi Yayınevi: 1269
Klasikler: 66

Dede Korkut Kitabı

Yayın Yönetmeni: Enis Batur

Hazırlayan ve Sadeleştiren: Ahmet Şefik Şenlik
Dizi Editörleri: Volkan Atmaca, Çağlayan Çevik
Kitap Editörü: Çağlayan Çevik
Kapak Tasarımı: Cüneyt Çomoğlu
Sayfa Tasarımı: M. Aslıhan Özçelik

Birinci Basım: Temmuz 2020, İstanbul
Üçüncü Basım: Mayıs 2022, İstanbul
ISBN: 978-605-298-666-0
Kırmızı Kedi Sertifika No: 40620

Baskı: Asya Basım Yayın Sanayi Tic. Ltd. Şti.
15 Temmuz Mah. Gülbahar Cad. No: 62/B
Güneşli/Bağcılar/İSTANBUL
T: 0212 693 00 08 Sertifika No: 52508

Kırmızı Kedi Yayınevi
kirmizikedi@kirmizikedi.com / www.kirmizikedi.com
facebook.com: kirmizikediyayinevi / twitter.com: krmzkedikitap
instagram: kirmizikediyayinevi
Ömer Avni Mah. Emektar Sok. No: 18 Gümüşsuyu 34427 İSTANBUL
T: 0212 244 89 82 F: 0212 244 09 48

Dede Korkut Kitabı

Hazırlayan ve Sadeleştiren:
Ahmet Şefik Şenlik

KIRMIZIKEDİ

İÇİNDEKİLER

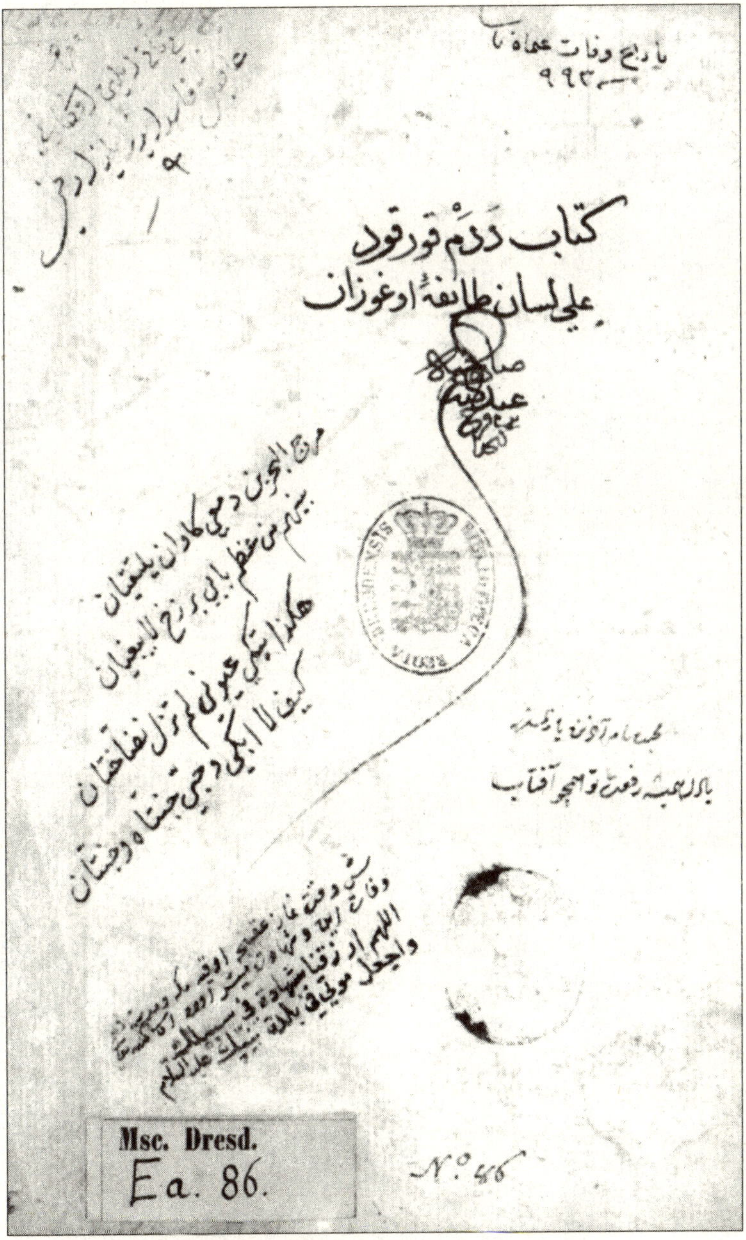

Kitâb-ı Dedem Korkud alâ Lisân-ı Tâife-i Oğuzân,
Dresden nüshasının unvan sayfası.

GİRİŞ

Esirgeyen, bağışlayan ve kendisinden yardım dilediğimiz Allah'ın adıyla...

Peygamber aleyhisselam zamanına yakın bir devirde, Bayat boyuna mensup Korkut Ata adlı bir şahıs yaşamaktaydı. Bu şahıs, Oğuzların en bilge kişisiydi. Gaipten haberler verirdi ve söyledikleri hep çıkardı. Çünkü Allah onun gönlüne ilham ederdi. Korkut Ata, kıyamete yakın zamanda hükümdarlığın tekrar Kayı boyunun eline geçeceğine ve kimsenin kıyamet kopuncaya kadar bu gücü onlardan alamayacağına dair sözler söylüyordu. Bahsettiği topluluk işte hükümranlığı sürüp gitmekte olan bu Osmanlı neslidir. Korkut Ata'nın bunun gibi kehanet dolu nice sözleri vardır.

Korkut Ata, Oğuz kavminin müşkül işlerini hallederdi. Kavmi ne olursa olsun bütün işlerini ona danışır, onun ağzından çıkan her sözü kabul eder ve gereğini yerine getirirdi.

Dede Korkut şöyle hikâye etmiş:

Allah, Allah demeden işler rast gitmez.
Her şeye kadir olan Tanrı nasip etmeyince kimse zengin olamaz.
Ezelde yazılmamış olan şey, kişinin başına gelmez.

Ecel vakti gelmeden kimse ölmez.
Ölen kişi dirilmez.
Çıkan can geri gelmez.
Bir yiğit kara dağlar kadar mal toplayıp yığsa da
Nasibinden fazlasını yiyemez.
Sular çağlayarak, gürüldeyerek de aksa denizi doldurup taşıramaz.
Kibirliyi Tanrı sevmez.
Gözü, gönlü yükseklerde gezenin kısmeti olmaz.
El oğlu ne kadar korunup gözetilse de öz oğul yerine geçmez.
Günün birinde büyüyünce çeker gider, iyilik gördüm demez.
Külden tepe kalıcı olmaz; güveyiden oğul olmaz.
Kara eşeğe gem de vursan katır olmaz.
Köle kadına kıymetli elbiseler de giydirsen ondan hanım olmaz.
Kar lapa lapa da yağmış olsa bahar gelince erir gider.
Gür, yeşil çimen güz mevsimine kalmaz.
Eski pamuk, bez olmaz. Eski düşman, dost olmaz.
At sürmeyince yol alınmaz.
Kara çelikten has kılıcı çalmayınca hasım caymaz.
Mala kıyıp cömertlik yapmadıkça yiğidin ünü yayılmaz.
Annesinden görmeyen kız, yalnızca öğütle öğrenmez.
Oğul, babadan görmeyince cömert sofralar donatmaz.
Oğul, babanın okudur; iki gözünden biridir.
Kısmeti açık olan oğul, baba ocağının közüdür.
Bir baba ölüp de mal bırakmasa oğul ne yapsın!
Babadan mal kalsa dahi oğlun bahtı açık değilse bir fayda sağlamaz.
Allah sizi bahtsızın, uğursuzun şerrinden korusun, efendim.

Dede Korkut şöyle devam etmiş:

Sarp yerde yürüyen asil ata
Namert kişi binemez.
Binmesindense binmemesi yeğdir.
Vurup kesen keskin kılıcın,
Namert eline geçmesindense kör olması yeğdir.
Savaşçı bir yiğit için ok ve kılıç yerine elinde bir çomak olması yeter.
Misafir ağırlamayan uğursuz kara evler yıkılsalar yeğdir.
Atın yemeyeceği acı otlar,
Yeşermektense hiç bitmesin!

İnsanın içmeyeceği acı sular akacağına
Yerden hiç çıkmasın!
Babasının namını yürütmeyecek hayırsız bir oğul,
O babanın soyu olmasın!
Ana rahmine düşmüşse bile hiç doğmasın!
Babasının namını yürütecek bahtı açık oğul yeğdir.
Yalan bir söz bu dünyada,
Söylenmektense söylenmese yeğdir.
Gerçek yiğitler yüz yıl yaşasa yeridir.
Yüz yıl yaşayın!
Hak Teâlâ size kötü gün göstermesin!
Bahtınız açık olsun!
Ey efendim!

Dede Korkut yine hikâye etmiş, bakalım efendim, ne demiş:

Gezdiği yerlerin otlaklarını geyik bilir.
Kolay yerdeki çimenleri yabani eşek bilir.
Bir yere farklı yollardan gitmeyi deve bilir.
Yedi çeşit dere kokusunu tilki ayırt eder.
Gece kervan göçtüğünü serçe anlar.
Çocuğun babasının kim olduğunu anne bilir.
Binicisinin ağır mı, hafif mi olduğunu at bilir.
Ağır yükün zahmetini katır bilir.
Ağrının, sızının nerede olduğunu derdi çeken bilir.
Gafil başın ağrısını beyni bilir.
Kollu kopuzu diyar diyar, oba oba ozan gezdirir;
İnsanın cimrisini, cömerdini o bilir.
Karşınızda çalıp söyleyen, ozan olsun!
Görülmez kazalardan Allah korusun!
Ey efendim!

Bakalım, Dede Korkut tekrar ne söylemiş:

Ağız açıp övgüler düzecek olsam derim ki:
Üzerimizdeki Tanrı güzel.

Tanrı dostu, din önderi
Muhammed Mustafa güzel.
Muhammed'in sağ yanında namaz kılan
Ebubekir Sıddık güzel.
Otuzuncu ve sonuncu cüzün başlangıcı olan Amme güzel.
Her hecesine kadar güzel bir kıraatle okunan Yasin güzel.
Kılıç kullanıp dini yayan,
Yiğitlerin şahı Ali güzel.
Ali'nin oğulları, peygamber torunları,
Kerbela çölünde Yezit askerleri elinden şehit olan
İki kardeş, Hasan ile Hüseyin güzel.
Yazılıp düzenlenerek gökten indirilen
Tanrı ilmi Kuran güzel.
O Kuran'ı yazıp tertip eden,
Alimler öğrensin diye uğraşıp düzenleyen,
Alimler önderi Affan oğlu Osman güzel.
Tanrı evinin bulunduğu yeryüzü şehri
Mekke güzel.
O Mekke'ye sağ salim varan ve dönen
Dosdoğru hacılar güzel.
Mahşer gününde Cuma'nın fazileti ve sevabı güzel;
Cuma günü okunan hutbe güzel.
Hutbeye kulak verip dinleyen ümmet güzel.
Minareden ezan okuyan müezzin güzel.
Dizini kırıp oturan nikâhlı eş güzel,
Saçları şakaklarından ağarmış baba güzel.
Ak sütüyle emzirip doyuran ana güzel.
Yanaşıp yolunda yürüyen kara aygır güzel.
Sevgili kardeş güzel;
Ana çadırı yanına kurulan renkli gelin çadırı güzel.
Uzun çadır ipi güzel.
Oğul güzel.
Eşi benzeri olmayan,
Âlemleri yaratan Allah Teâlâ güzel.
Efendim, o övdüğüm yüce Tanrı
Yar ve yardımcı olsun!

Ozan şöyle naklediyor:

Kadınlar dört türlüdür:
Birisi 'solduran sop'tur.
Diğeri 'dolduran top'tur.
Bir diğeri 'evin direği'dir.
Birine ise 'ne söylersen bayağı'dır.

Ozan şöyle devam etti:

'Evin direği' olan kadın, evin erkeğinin evde olmadığı bir vakitte, uzak yerlerden bir konuk gelse onu yedirir, içirir, ağırlar, izzetler gönderir. İşte o, Aişe-Fatıma soyundandır. Efendim, onun bebekleri büyüsün; ocağına hep bunun gibi kadınlar gelsin!

'Solduran sop'tan bahsedecek olursak, o sabahleyin yerinden kalkar, daha elini yüzünü yıkamadan tıka basa doyana kadar dokuz bazlama ve bir kova yoğurt yer. Elini böğrüne vurarak "Bu evi yıkılası adama vardığımdan beri karnım doymadı, yüzüm gülmedi; ne ayağıma ne de başıma giyecek doğru düzgün bir kıyafetim oldu. Keşke bu ölseydi de hayalimdekinden daha iyi başka bir adama varsaydım," der. Efendim, bunun gibilerinin bebekleri büyümesin; ocağına böyle bir kadın gelmesin!

'Dolduran top' dürtüp uyandırmadan kalkmaz. Daha elini yüzünü yıkamadan baştan başa bütün obayı gezer, dedikodu yapar, dedikodulara kulak verir. Böyle öğlene kadar kapı kapı gezer dolaşır. Öğleden sonra evine gelir. Hırsız köpekle ipini koparan dananın, evi bir birbirine katıp tavuk kümesine ya da ahıra çevirdiğini görürse komşularına bağırır: "Kız, Zeliha, Zübeyde, Rüveyda, Can kız, Can Paşa, Ayna Melek, Kutlu Melek! Ben ne kayboldum ne de öldüm. Bu harap olası yer benim evimdir, yatacak yerimdir. Benim evime birazcık göz kulak olsaydınız, ne olurdu sanki! Komşu hakkı, Tanrı hakkı değil midir!" der. Efendim, bunun gibisinin bebekleri büyümesin; ocağında böyle bir kadın bulunmasın!

'Ne söylersen bayağı' olan kadına gelince, uzak yerlerden muhterem bir misafir gelse, kocası evde olsa ve ona "Hanım! Kalk, ekmek getir yiyelim, misafirimiz de yesin! Taze pişmiş ekmeği bekletmeye gelmez, hemen yemek lazım," dese karısı, "Bu yıkılası evde maalesef un yok, elek yok. Deve de değirmenden gelmedi. Ne gelecekse benim kalçama gelsin!" der. Elini kıçına vurur, yüzünü başka tarafa, kaba etini kocasına çevirir. Bin defa söylesen birini yapmaz; kocasının sözüne kulak asmaz. O, Nuh Peygamber'in eşeği soyundandır. Allah sizi bunun gibilerden de saklasın, efendim. Ocağınıza bunun gibi kadın gelmesin!

Dirse Han Oğlu Boğaç Han'ın Hikâyesi

Efendim,

Bir gün Kamgan oğlu Bayındır Han kalkıp beyaz Şam çadırını yeryüzüne kurdurdu, renkli gölgeliği gökyüzüne açtırdı, yerleri ipek halılarla döşetti.

Hanlar hanı Bayındır, yılda bir kere eğlence düzenleyerek Oğuz beylerini misafir ederdi. Yine bir eğlence düzenleyip aygırlar, erkek develer ve koçlar kestirmişti. Bir yere ak, bir yere kızıl ve bir yere kara çadır kurdurmuştu. "Hiç çocuğu olmayanı kara çadıra koyun, altlarına kara keçe döşeyin, önlerine yemek olarak kara koyun yahnisinden getirin! İsterlerse yerler; yemezlerse kalkar giderler," dedi. "Oğlu olanı ak çadıra, kızı olanı kızıl çadıra koyun! Hiç çocuğu olmayanı Allah Teâlâ lanetlemiş. Bilsin ki onu biz de lanetleriz," dedi.

Oğuz beyleri birbiri ardınca gelip toplanmaya başladı. Dirse Han adlı bir beyin ne oğlu ne de kızı vardı. Bakalım efendim, ne demiş:

Serin serin seher yelleri esince;
Sakallı boz serçe şakımaya başlayınca;
Uzun sakallı Acem müezzin ezan okuyunca;

Arap atları sahiplerini görüp kişnediklerinde;
Akla karanın ayırt edildiği zamanda;
Güneş, güzel göğüslü ve heybetli dağlara değdiğinde;
Bey yiğitler ve savaşçıların bir araya geldiği vakitte...

Dirse Han sabahleyin uyanıp kalktı. Kırk yiğidini etrafına toplayıp Han'ın sohbetine geliyordu ki Bayındır Han'ın yiğitleri Dirse Han'ı karşıladılar, getirip kara çadıra yerleştirdiler. Altına kara keçe döşediler, önüne yemek olarak kara koyun yahnisi koyup "Bayındır Han'ın emri böyledir, efendim," dediler. Dirse Han, "Bayındır Han benim ne eksikliğimi gördü? Kılıcımdan mı yoksa soframdan mı gördü? Benden daha önemsiz kişileri ak çadıra ya da kızıl çadıra yerleştirdi. Benim suçum neydi ki beni kara çadıra koydu?" dedi. Cevap olarak şöyle dendi: "Efendim, bugün Bayındır Han'ın sözü şöyledir ki 'Oğlu kızı olmayanı Tanrı Teâlâ lanetlemiştir. Onu biz de lanetleriz.'" Dirse Han yerinden kalktı ve şöyle dedi: "Bu yüz karası bana ya bendendir ya da karımdandır. Hadi yiğitlerim, kalkın gidelim."

Dirse Han evine geldi. Eşini çağırıp konuştu. Bakalım efendim, ne demiş:

Gel ey başımın bahtı, evimin tahtı!
Ey evden çıkıp yürüdüğünde boyu salınan serviye benzeyen;
Kıvrılan siyah saçları topuklarına kadar inen;
Çatık kaşı gerilmiş yaya benzeyen,
Ağzı, çift badem sığmayacak kadar dar;
Yanakları güz elması gibi al;
Akıllı, alçak gönüllü kadınım!

"Neler olduğunu gördün mü? Bayındır Han kalkıp bir tarafa ak, diğer tarafa kızıl, başka bir tarafa da kara çadırlar diktirmiş. 'Oğlu olanı ak çadırda, kızı olanı kızıl çadırda misafir edin! Hiç çocuğu olmayanı ise kara çadıra koyun; bunların altlarına kara keçe döşeyin; yemeleri için önlerine kara koyun yahnisi getirin! Yerse yesinler, yemezlerse bırakın gitsinler! Oğlu kızı olmayanı Tanrı lanetlemiş, biz de lanetleriz.' demiş. Gelip karşıladılar, beni kara çadıra götürdüler, altıma kara keçe serdiler, kara koyun yahnisi getirdiler. 'İyi bil ki oğlu kızı olmayanı Tanrı lanetlemiş, biz de lanetleriz,' dediler. Tanrı Teâlâ'nın bize Müslüman bir oğul vermemesi nedendir? Senden midir yoksa benden midir?" dedi ve şöyle söyledi:

Han kızı, yerimden kalkayım mı?
Yakandan paçandan tutup
Seni ayaklarımın altına alayım mı?
Kara çelikten has kılıcımı elime alıp
Başını gövdenden ayırayım mı?
Canın ne kadar tatlı olduğunu sana göstereyim mi?
Al kanını yere dökeyim mi?
Ey han kızı, sebebini söyle bana?
Yoksa çok gazap edeceğim sana.

Dirse Han'ın karısı bakalım ne söylemiş:

Ey Dirse Han, bana gazap etme!
Acı sözler söyleyip incitme!
Yerinden kalk ve
Renkli çadırını yeryüzüne kurdur!
Aygır, erkek deve ve koç kurban et!
İç Oğuz ve Dış Oğuz beylerini davet et!
Aç görürsen doyur!
Açık görürsen giydir!
Borçluyu borcundan kurtar!
Tepe kadar et yığdır!
Göl kadar kımız sağdır!
Büyük bir toy tertip et, Allah'tan dile!
Tanrı bize belki halis bir kulunun duası hürmetine
Bir Müslüman nesil verir.

Dirse Han, eşinin bu sözleri üzerine büyük bir toy tertip etti. Dilek diledi. Aygır, erkek deve koçlar kestirdi. İç Oğuz ve Dış Oğuz beylerini davet edip topladı. Aç görse doyurdu, açık görse giydirdi. Borçluyu borcundan kurtardı. Tepe kadar et yığdırdı, göl kadar kımız sağdırdı. El açıp dua ettiler. Duası kabul olunan bir zatın duası hürmetine Allah Teâlâ onlara evlat verdi. Karısı hamile kaldı. Nice bir zaman sonra bir erkek çocuk doğurdu. Yavruyu bakıcılara verip büyüttü.

At ayağı çabuk olur, ozan dili çevik olur. İnsan olsun hayvan olsun, kaburgası olan elbet bir gün büyür. Gel zaman git zaman, oğlan on beş yaşına girdi. Babası Dirse Han, Bayındır Han'ın ordusuna katıldı.

Meğer efendim, Bayındır Han'ın bir boğası bir de erkek devesi varmış. Bir defa baharda bir de güzün olmak üzere, yılda iki kez bu boğa ile erkek deveyi güreştirirmiş. Boğa öyle bir boğaymış ki sert kayaya boynuz vursa onu un ufak edermiş.

Yine bir baharda, Bayındır Han'ın heybetli Oğuz beyleriyle gezinti yapıp vakit geçirmeye çıktığı bir gün, boğayı saraydan çıkardılar. Üç kişi sağından üç kişi solundan demir zincirlerle zorla zapt ettikleri boğayı getirip meydanın ortasına bıraktılar.

Bu arada Dirse Han'ın oğulcağızı ve üç oğlan meğerse meydanda aşık oynarlarmış[1]. Boğayı salıverdiler: Oğlanlara 'kaçın!' dediler. O üç oğlan kaçtı. Dirse Han'ın oğlu kaçmadı. Ak meydanın ortasında bakakaldı. Boğa koşturup geldi. Oğlanı helak etmek istiyordu. Oğlan, yıkmak için boğanın alnına yumruğunu vurdu. Boğa geri geri gitti. Sonra yürüdü ve tekrar oğlanın üstüne saldırdı. Oğlan boğanın alnına yumruğunu tekrar sertçe vurdu. Aynı şiddetle

1 Kesilen hayvanların ayak kısmından çıkarılan aşık kemiğini zemine atmak suretiyle oynanan, seksenli yıllara kadar Anadolu'da çocuklar tarafından hâlâ bilinmekte, oynanmakta olan bir oyun. (haz.n.)

yumruğunu boğanın alnına dayadı. Böyle itip sürüyerek onu meydanın başına getirdi. Boğayla oğlan bir müddet birbirlerine hamleler yaparak çekiştiler. Boğanın ağzındaki köpük böğrüne kadar yayıldı. Ne oğlan boğayı ne de boğa oğlanı yenebildi. Oğlan kendi kendine şöyle düşündü: "Bir dama direk çatarlar, direk o dama dayama olur, onu tutar. Peki, ben bunun alnına neden dayama oluyorum ki?" Oğlan boğanın alnından yumruğunu çekti, önünden çekildi. Boğa ayağı üstünde duramayarak tepesinin üzerine yıkıldı. Oğlan bıçağını çekti ve boğanın başını kesti.

Oğuz beyleri gelip oğlanın başına toplandılar. Ona övgüler düzdüler. "Dedem Korkut gelsin, bu oğlana ad koysun, yanına alıp babasına varsın, babasından oğluna beylik istesin, babası taht ve toprak versin!" dediler. Dede Korkut'u çağırdılar. Geldi. Oğlanı alıp babasına götürdü. Bakalım, oğlanın babasına neler demiş:

Ey Dirse Han, bu oğlana beylik ver,
Taht ver! Erdemlidir.
Uzun boyunlu Arap atı ver;
Binek olsun! Hünerlidir.
Ak ağıldan bu oğlana binlerce koyun ver;
Besili olsun! Erdemlidir.
Kızıl develerinden ver bu oğlana;
Ağır yük çekebilenlerinden olsun! Marifetlidir.
Altın çatılı çadır ver bu oğlana;
Gölgeli olsun! Erdemlidir.
İbrişimli, kuş nakışlı cübbe ver bu oğlana
Ki giysin! Marifetlidir.

"Bayındır Han'ın ak meydanında bu oğlan cenk etmiştir; bir boğa öldürmüştür. Senin adın Boğaç olsun! Adını ben verdim, yaşını Allah versin!" dedi.

Dirse Han oğlana beylik ve taht verdi. Oğlan tahta çıkınca babasının kırk adamını dikkate almaz oldu. O kırk adam haset edip aralarında söyleştiler: "Gelin, oğlanı babasına çekiştirip kötüleyelim. Belki bunun üzerine onu öldürür. Biz de yine eskisi gibi layıkıyla sevgi ve saygı görürüz." dediler. Bu kırk adam yirmişer yirmişer iki bölüğe ayrıldı. Dirse Han'a haber yetiştiren ilk bölük şöyle dedi: "Gördün mü Dirse Han, neler oldu? Senin gün yüzü görmeyesice oğlun, hayırsız uğursuz çıktı. Kırk adamını yanına alıp koskoca Oğuz beylerine karşı sefere çıktı. Nerede güzel varsa alıp gasp etti. Ak sakallı yaşlılara sövdü, ak saçlı kadınların sütünü çekti. Bu haber ırmakları, gölleri geçip, karşıda yatan Ala dağı aşıp, gidip Bayındır Han'ın kulağına varacaktır. Dirse Han'ın oğlu böyle bir bozgunculuk yapmış diyeceklerdir. Bu durumda yaşamaktansa ölmek yeğdir. Çünkü Bayındır Han seni çağırıp çok gazap edecektir. Böyle bir oğul senin neyine gerek! Böyle oğlun olmaktansa olmasın daha iyi, onu öldürsene!" dediler.

Dirse Han "Gidin getirin, öldüreyim!" dedi. O böyle der demez namertlerin diğer bölüğü çıkageldi. Bir iftira da onlar getirdiler: "Ey Dirse Han, senin oğlun kalkıp harekete geçti, güzel yaylalı yüce dağda ava çıktı. Sen sağken av avladı kuş kuşladı. Bunları alıp anasına getirdi. Kırmızı şarabın sertinden içti. Anasıyla sohbetler etti. Bu arada onun canına kastetti. Senin oğlun hayırsız, uğursuz çıktı. Bu haber karşıda yatan Ala dağları aşıp gidip hanlar hanı Bayındır Han'ın kulağına varacaktır. Dirse Han'ın oğlu böyle bir bozgunculuk yapmış diyeceklerdir. Bayındır Han seni çağırıp huzurunda çok gazap edecektir. Böyle bir oğul senin neyine gerek! Böyle oğlun olmaktansa olmasın daha iyi, onu öldürsene!" dediler.

Dirse Han "Gidip getirin, öldüreyim. Böyle oğul bana gerekmez." dedi. Dirse Han'ın yakın komutanları "Biz senin oğlunu nasıl getirelim? Senin oğlun bizim sözümüzü dinlemez ve bizim sözümüzle gelmez. Kalkıp harekete geç! Yiğitlerini gönüllerini alıp etrafına topla! Oğluna uğra, yanına alıp ava çık! Kuş uçurup av avlarken oğlunu okla öldürmeye bak! Eğer oğlunu bu şekilde öldürmezsen bil ki başka türlü öldüremezsin. Aklından çıkarma!" dediler.

Manzume:

Serin serin seher yelleri esince;
Sakallı boz serçe şakımaya başlayınca;
Arap atları sahiplerini görüp kişnediklerinde;
Uzun sakallı Acem müezzini ezan okuyunca;
Akla karanın ayırt edildiği zamanda;
Heybetli Oğuz'un gelini, kızı süslendiğinde;
Güneş, güzel göğüslü ve heybetli dağlara değdiğinde;
Bey yiğitler ve savaşçıların bir araya geldiği vakitte...

... sabahleyin Dirse Han kalktı. Oğulcağızını yanına alıp kırk yiğidini etrafına yerleştirdi. Ava çıktı. Av avladılar kuş kuşladılar. O kırk namerdin birkaçı oğlunun yanına gelip "Baban, 'Geyikleri kovalayıp getirsin, benim önümde toplasın! Oğlumun at koşturmasını, kılıç vuruşunu, ok atışını görüp sevineyim, kıvanç duyayım.' der," dediler. Gençtir, ne bilsin! O da geyiği kovalayıp babasının önüne getirirdi. Tekrar kaçmamaları için ok atıp yaralardı. "Babam at koşturmama baksın, kıvanç duysun; ok atışıma baksın, güvensin; kılıç vuruşuma baksın, sevinsin," derdi.

O kırk namert "Dirse Han, görür müsün oğlanı? Kırdan çölden geyikleri kovalar, senin önüne getirir. Geyiğe ok atarken seni vuracak. Oğlun seni öldürmeden sen onu öldürmeye bak!" dediler. Oğlan geyiği kovalarken babasının önünden gelip geçerdi. Dirse Han, kirişi kurt sininden olan sert yayını eline aldı. Atının üzengisi üzerinde yükselip sertçe yayını gerdi, tam nişan alıp oku bıraktı. Oğlanı iki kürek kemiği arasından vurup yıktı. Ok girince al kanı fışkırdı, koynu kanla doldu. Oğlan Arap atının boynuna sarıldı. Sonra yere düştü. Dirse Han, oğulcağızının üstüne atılmak istedi. Ama o kırk namert bırakmadı. Atının gemini çevirip karargâha geldi.

Dirse Han'ın karısı da oğlunun ilk avı olması sebebiyle, heybetli Oğuz beylerine bir toy tertip etmek için aygır, erkek deve ve koç kestirmişti. Hazırlanıp kalktı, kırk ince kızı yanına aldı. Dirse Han'ı karşılamaya gitti. Göz kapaklarını kaldırıp Dirse Han'ın gözlerine baktı. Sağa sola göz gezdirdi. Fakat oğulcağızını göremedi. Ciğeri titredi, katı kalbi yerinden oynadı. Kenarları kırışmış kara gözleri kanla yaşla doldu. Yanıp yakılarak Dirse Han'a:

Beri gel, başımın bahtı, evimin tahtı;
Han babamın güveyisi,
Kadın anamın sevgisi,
Babam ve anamın bana layık gördüğü;
Göz açıp gördüğüm,
Gönül verip sevdiğim
Ey Dirse Han!
Yerinden kalkıp
Yürüdün.
Kara yeleli asil atın
Sırtına bindin.
Göğsü güzel, heybetli dağa
Ava çıktın.
İki kişi gittin, bir kişi döndün.
Yavrum hani?
Karanlık gecede bulduğum
Oğul hani?
Ey Dirse Han, çıksın benim gören gözüm!
Yaman seğirir.
Oğlumun emdiği süt damarım kesilsin!
Yaman sızlar.
Beyaz tenim sarı yılan sokmadığı halde
Kabarıp şişer.

Bir tek oğlum görünmez,
Bağrım yanar.
Kuru kuru çaylara
Sucular gönderdim.
Kara elbiseli dervişlere
Adaklar adadım.
Aç gördüysem doyurdum,
Açık gördüysem giydirdim.
Tepe kadar et yığdırdım,
Göl kadar kımız sağdırdım.
Zar zor, dilekle duayla bir oğul sahibi oldum.
Biricik oğlumdan bana haber ver,
Ey Dirse Han!
Karşıda duran Ala dağdan bir oğul uçurduysan
De bana!
Aslana kaplana bir oğul kaptırdıysan
De bana!
Kara elbiseli azgın dinli kâfirlere aldırdıysan
De bana!
Han babamın huzuruna ben çıkayım;
Ağır hazine, bol asker alayım.
Azgın dinli kâfirlere ben varayım.
Yaralanıp asil atımdan inmeden,
Gömleğimin koluyla kanımı silmeden,
Kol bacak parça parça olup yere düşmeden,
Oğul yolundan tek başıma dönmeyeyim.
Bana biricik oğlumdan haber ver, ey Dirse Han!
Kara başım kurban olsun bugün sana.

diyerek feryat figan edip ağladı. Böyle deyince Dirse Han karısına hemen cevap vermedi. O kırk namert, kadının karşısına çıktılar. "Oğlun sağ salim avdadır. Her nerdeyse bugün yarın çıkar gelir. Korkma, tasalanma. Bey sarhoştur, o yüzden cevap veremedi," dediler. Dirse Han'ın karısı geri döndü.

Dayanamadı. Kırk ince kızı yanına aldı, Arap atına atlayıp oğulcağızının izini sürmeye gitti. Kışta baharda karı buzu eksik olmayan Kazılık Dağı'na geldi. At sürüp alçaktan yükseklere çıktı. Bir derenin içinde kargaların kuzgunların inip çıktığını, konup uçtuğunu görünce Arap atını topukladı; o tarafa doğru sürdü.

Efendim, meğerse oğlan da orada yere düşmüştü. Kan gören karga ve kuzgun, oğlanın üzerine konmak isterdi. Oğlanın iki sadık köpeği vardı. Bunlar kargayı ve kuzgunları kovalar, kondurmazlardı. Oğlan orada yere düşünce boz atlı Hızır, imdadına yetişmişti. Yarasını üç defa eliyle sıvazlamış, "Korkma oğlan, bu yaradan sana ölüm yoktur. Dağ çiçeği ile annenin sütü senin yarana merhemdir," deyip tekrar kayıplara karışmıştı.

Oğlanın anası oğlana doğru at koşturup geldi. Bakıp gördü ki oğulcağızı al kanlara bulanmış yatıyor, yanıp yakılarak söylemiş; bakalım efendim, ne söylemiş:

Çekik kara gözlerini uyku bürümüş,
Ne olur, aç oğul!
On iki kemikçiğini[1] kıran olmuş,
Ne olur, kendine gel oğul!
Tanrı'nın verdiği tatlı canın gezmeye çıkmış,
Çağır gelsin artık.
Canın bedenindeyse
Haber ver bana.
Kara başım kurban olsun
Oğul sana!
Ey Kazılık Dağı, senin akan suların akmaz olsun;
Biten otların bitmez olsun;
Senin koşan geyiklerin
Koşmaz olsun, taşa dönsün!
Ne bileyim oğul,
Bu kazalar sana aslandan mı oldu kaplandan mı?
Ne bileyim oğul,
Bu kazalar sana nereden geldi?
Canın bedenindeyse ey oğul,

1 Kaburgalar. (haz.n.)

Haber ver bana!
Kara başım kurban olsun
Oğul sana!
Ağzından dilinden
Birkaç laf de bana!

dedi. Böyle der demez oğlanın kulağı sesi işitti. Başını kaldırdı. Birdenbire gözünü açtı ve anasının yüzüne baktı. Bakalım efendim, ne söylemiş:

Beri gel, ey sütünü emdiğim kadın anam,
Ak saçlı sevgili, canın anam!
Irmaklarına beddua etme!
Kazılık Dağı'nın bir günahı yoktur.
Biten otlarına lanet okuma!
Kazılık Dağı'nın bir suçu yoktur.
Koşan geyiklerine beddua okuma!
Kazılık Dağı'nın bir günahı yoktur.
Aslanına kaplanına beddua etme!
Kazılık Dağı'nın bir suçu yoktur.
Beddua edeceksen babama et!
Bu suç, bu günah babama aittir.

dedi ve şöyle devam etti: "Ana korkma, ağlama! Bana bu yaradan ölüm yoktur. Boz atlı Hızır imdadıma yetişti, üç defa yaramı sıvazladı ve bu yaradan ölmeyeceğimi, dağ çiçeği ile annemin sütünün yarama merhem olacağını söyledi," dedi. Bunu der demez kırk ince kız etrafa dağılıp dağ çiçeği topladılar. Oğlanın anası memesini bir sıktı süt gelmedi; bir daha sıktı, yine süt gelmedi. Üçüncüsünde kendisine kuvvetlice vurdu. Memesi kan doldu. Yine sıktı; bu defa sütle kan karışık geldi. Dağ çiçeği ile sütü oğlanın yarasına sürdüler. Oğlanı ata bindirdiler, alıp karargâha getirdiler. Oğlanı hekimlere teslim edip babasından sakladılar.

At ayağı çabuk, ozan dili kıvrak olur. Efendim, yara kırk günde iyileşti ve oğlan sağ salim ayağa kalktı; ata biner, kılıç kuşanır; av avlar, kuş kuşlar oldu. Bu arada Dirse Han'ın bu olan bitenden haberi olmadı. Oğlancığını hep öldü bildi.

O kırk namert bunu duyunca "Ne yapalım, ne edelim?" diye birbirleri arasında tartışmaya başladılar: "Dirse Han eğer oğulcağızını görürse bizi hayatta bırakmaz, hepimizi öldürür. Gelin Dirse Han'ı tutalım, ak ellerini arkasından bağlayalım, kıldan sicimi boynuna geçirelim, alıp kâfir ülkelerine yönelelim," diye konuştular. Dirse Han'ı tuttular, ak ellerini arkasından bağladılar, kıldan yapılma sicimi ak boynuna geçirdiler. Ak etlerinden kan çıkana kadar döğdüler. Dirse Han yayan, bunlar atlı yürüdüler. Alıp kâfir diyarına doğru yöneldiler. Dirse Han tutsak oluverdi.

Dirse Han'ın tutsak olduğundan Oğuz beylerinin haberi olmamıştı. Gel gör ki Dirse Han'ın karısı olan bitenden haberdar olmuş bunu da varıp oğulcağızına söylemişti. Efendim, bakalım ne söylemiş:

Görür müsün ey oğul neler oldu?
Sarp kayalar oynamadığı (deprem olmadığı) halde, yer yarıldı.
Ülkede harami yokken geldi harami senin babanı buldu.
Yoldaşı olacak o kırk namert babanı tuttular.
Ak ellerini arkasından bağladılar.
Kıldan sicimi boynuna geçirdiler.
Kendileri atlı, babanı yayan yürüttüler.
Alıp kanlı kâfir diyarına yöneldiler.
Canım oğul, yerinden kalk, harekete geç!
Kırk yiğidini yanına al!
Babanı o kırk namertten kurtar!
Yürü oğul, baban sana kıymış olsa dahi sen ona kıyma!

dedi. Oğlan annesini kırmadı. Boğaç Bey yerinden kalktı. Kara çelikten has kılıcını beline kuşandı. Ak kabzalı sert yayını, altın mızrağını eline aldı. Arap atını çektirdi, sırtına bindi. Kırk yiğidini yanına aldı. Babasının ardınca dört nala at koşturup gitti. O namertler o sıra bir yerde konaklamışlardı. Kırmızı şarabın sertinden içmekteydiler. Boğaç Han atını koşturup yetişti. O kırk namert bunu görünce "Gelin gidelim, şu yiğidi yakalayıp getirelim, ikisini birlikte kâfire teslim edelim," dediler.

Dirse Han şöyle dedi: "Kırk yoldaşım, insaf edin! Tanrı'nın birliği hususunda şüphe yoktur. Benim elimi çözün! Kollu kopuzumu elime verin! Çalıp söyleyeyim, o yiğidi geri döndüreyim; ona kıymayın! Sonra beni ister öldürün ister bırakın, yaşayayım." Elini çözdüler, kollu kopuzunu verdiler. Dirse Han, gelenin oğlu olduğunu bilmiyordu. Bakalım efendim, karşısına geçip ne söylemiş:

Bu civarda gezen uzun boyunlu Arap atlarının
Hepsi bana aittir.
İçlerinden biri de senin bineğinse ey yiğit,
De bana!
Onu tutup vereyim sana; savaşmaya vuruşmaya gerek kalmasın.
Geri dön!
Ak ağıllarda binlerce koyunun
Hepsi bana aittir.
İçlerine senin besili koyunlarından karışmışsa
Söyle bana!
Alıp vereyim sana; savaşmadan vuruşmadan
Geri dön!
Gezen kızıl deve sürüleri
Hep bana aittir.
İçlerinde sana ait olanı varsa
De bana.
Alıp vereyim sana; savaşmadan vuruşmadan
Geri dön!
Buralardaki altın çatılı çadırlar
Hep benimdir.
İçlerinde senin de bir otağın varsa yiğit,

Söyle bana!
Alıp vereyim sana; savaşmadan vuruşmadan
Geri dön.
Bu civardaki beyaz tenli ela gözlü kızlar
Hep benim boyumdandır.
Senin nişanlın da içlerindeyse
De bana!
Alıp vereyim sana; savaşmadan vuruşmadan
Geri dön!
Buralarda ak sakallı yaşlılar
Hep benim adamlarımdır.
İçlerinde senin de bir ak sakallı baban varsa
Söyle bana!
Alıp vereyim sana; savaşmadan vuruşmadan
Geri dön!
Eğer benim için geldiysen,
Ben öz oğulcağızını öldürmüş bir babayım,
Benim için değmez.
Dön geri!

Bunun üzerine bakalım efendim, oğlan babasına ne demiş:

Bu civarda gezen uzun boyunlu Arap atlarının
Hepsi sana aittir;
Ama içlerinde benim de bineğim var.
Onu bu kırk namerde bırakmaya hiç niyetim yok.
Gezen kızıl deve sürüsü
Sana aittir.
Fakat içlerine karışmış benim de yük develerim var
Bu kırk namerde bırakmaya hiç niyetim yok.
Ak ağıllarda binlerce koyun
Senindir.
Ama içlerinde benim de besili koyunlarım vardır.
Bu kırk namerde bırakmaya hiç niyetim yok.
Beyaz tenli ela gözlü gelinler
Senin olsa da

İçlerinde benim de bir nişanlım var.
Bu kırk namerde bırakmaya hiç niyetim yok.
Altın çatılı çadırlar senin olsa da
İçinde benim de bir odam var.
Bu kırk namerde bırakmaya niyetim yok.
Ak sakallı yaşlılar
Senin adamların da olsa
İçlerinde benim de aklı şaşmış, bildiğini unutmuş yaşlı bir babam var.
Onu bu kırk namerde bırakmayacağım.

dedi ve gizlenmekte olan kırk yiğidine tülbent sallayıp, el edip işaret verdi. Kırk yiğit Arap atlarını koşturdu oğlanın etrafında toplandı, Oğlan kırk yiğidini yanına aldı, at sürdü, savaştı, yaman cenk etti. Namertlerden kiminin boynunu vurdu, kimini tutsak etti. Babasını kurtardı. Geri döndü. Dirse Han oğulcağızının sağ olduğunu ancak bu esnada anladı.

Hanlar hanı, oğlana beylik verdi, taht verdi. Dedem Korkut da hadiseyi anlatıp, şiirler düzdü, bu Oğuzname'yi söyledi. Şöyle dedi:

Bu dünyadan onlar da geldi geçti,
Kervan gibi kondu göçtü.
Onları da ecel aldı, toprak yuttu.
Fani dünya kime kaldı?
Kara ölüm geldiğinde geçit versin!
Hak Teâlâ akıl, fikir ve sağlık versin; bahtını, nasibini artırsın!
O övdüğüm yüce Tanrı bize dost olup yardım etsin!

Bir de dua edip kutlayalım, efendim:

Yüksek kara dağların yıkılmasın!
Gölge veren ulu ağacın kesilmesin!
Coşkun akan güzel suyun kurumasın!
Kanatların kırılmasın!
Akıyla bozuyla, binip koşturduğun atların tökezlemesin!

Vuruşurken savaşlarda kara çelik has kılıcın körelmesin!
Cenk ederken renkli mızrağın kırılmasın!
Ak saçlı ananın,
Ak sakallı babanın mekânı cennet olsun!
Hakkın yandırdığı meşalen yanmaya devam etsin, istikbalin aydın olsun!
Her şeye gücü yeten Tanrı seni namerde muhtaç etmesin!
Ey efendim!

Salur Kazan'ın Evinin Yağmalanmasının Hikâyesi

Günlerden bir gün

Ulaş'ın oğlu,
Kartal yavrusu,
Acizlerin ve yoksulların umudu,
Dicle aslanı,
Karacık kaplanı,
Koyu kızıl atın sahibi,
Uruz Han'ın babası,
Bayındır Han'ın damadı,
Heybetli Oğuz'un açık bahtı,
Darda kalmış yiğitlerin dayanağı

Salur Kazan kalkıp doksan parça ulu çadırını kara yerin üzerine diktirmişti. Doksan yerde renkli ipek halı döşenmişti. Seksen yerde kazanlar kurulmuştu. Altın ayaklı sürahiler dizilmişti. Kara gözlü, güzel yüzlü, saçı ardına örülü, göğsü kızıl düğmeli, elleri bileklerine kadar kınalı, zarif parmaklı, sevimli dokuz kâfir kızı, heybetli Oğuz beylerine içki sunmaktaydı.

Bir miktar içtikten sonra Ulaş oğlu Kazan'ın kısmetine şarabın serti düştü. Koca dizleri üzerine çöktü ve dedi ki "Sesime kulak verin, sözümü dinleyin, beyler! Yata yata yanlarımız ağrıdı, dura dura belimiz kurudu. Yürüyelim beyler! Av avlayalım, kuş kuşlayalım, sığır geyik vuralım, sonra dönüp ocağımıza gelelim! Yiyelim, içelim, güzel vakit geçirelim!" Kıyan Selçuk oğlu Deli Dündar dedi ki "Evet Kazan Han, münasiptir." Kara Göne oğlu Kara Budak "Kazan Beyim, uygundur." dedi. Onlar öyle der demez at ağızlı Aruz Koca iki dizinin üstüne çöktü ve "Bozuk dinli Gürcistan ağzında oturursun. Karargâhına muhafız olarak kimi koyacaksın?" diye sordu. Kazan cevap verdi: "Üç yüz yiğitle oğlum Uruz, evimi ve obamı koruyacak!" dedi. Koyu kızıl atını getirtti, sırtına bindi. Dündar, başı kaşı ak lekeli aygırına bindi. Kazan Bey'in kardeşi Kara Göne alaca Arap atını çektirip bindi. Bayındır Han'ın düşmanını yenen Şer Şemseddin, beyaz Arap atını getirtip bindi. Parasar'ın[1] Bayburt hisarından şimşek gibi uçan Beyrek boz atına bindi. Koyu kızıl atlı Kazan'a 'Keşiş' diye hitap eden Yeğenek Bey doru aygırına bindi. Oğuz beylerini burada saymakla bitiremeyiz; hepsi atına bindi. Rengârenk asker bölükleri Ala Dağ'a ava çıktı.

Kâfirlerin casusu bu bilgiyi alıp azgın kâfir, Kral Şökli'ye haber verdi. Kaftanlarının arkası yırtmaçlı, kara saçlarının yarısı tıraşlı, bozuk dinli, İslam düşmanı yedi bin kâfir, alaca atlarına binip bir araya geldiler. Gece yarısı Kazan Bey'in karargâhını bastılar. Kazan Han'ın altın çatılı çadırlarını yıkıp yağmaladılar. Kaz gibi zarif kız ve gelinleri ağlattılar. Sürü sürü asil atlarına binip katar katar kızıl develerine el uzattılar. Ağır hazinesini, bol akçesini yağmaladılar. Kırk ince belli kızıyla Boyu Uzun Borla Hatun esir gitti. Kazan Bey'in yaşlı anası kara deve boynunda asılı gitti. Kazan Han'ın oğlu Uruz Bey üç yüz yiğidiyle elleri ve boynu bağlı gitti. Eylik Koca'nın oğlu Sarı Kulmaş, Kazan Bey'in evini savunurken şehit oldu.

1 Muhtemelen *pare+hisar'*dan, yıkık, parçalanmış hisar anlamında. (haz.n.)

Kazan'ın bu işlerden haberi yoktu. Kâfir, "Kazan'ın sürü sürü çevik atlarına bineriz; altınını, akçesini yağmalamışız. Kırk adamıyla beraber oğlu Uruz'u tutsak etmişiz. Katar katar develerini ele geçirmişiz. Kırk ince belli kızla beraber Kazan'ın karısını almışız. Kazan'a amma da kötülük ettik." Kâfirlerden biri şöyle dedi: "Kazan Bey'e etmediğimiz bir kötülük daha var." Kral Şökli, "Bre gaddar, daha ne kötülük kaldı?" diye sordu. Kâfir, "Kazan'ın Kapılı Kara Dervent'te on bin koyunu vardır. O koyunları da alırsan Kazan'a büyük bir kötülük edersin," dedi. Kral Şökli, "Altı yüz kâfir gitsin koyunları getirsin!" diye emretti. Altı yüz kâfir ata binip koyunlar yönüne at koşturdular.

Gece yatarken Karacık Çoban bir kâbus gördü. Kâbustan sıçrayarak uyandı. Kıyan Gücü, Demir Gücü adlı iki kardeşini yanına aldı. Ağılın kapısını sağlam bir şekilde iyice bağladı. Üç yerde tepe gibi taş yığdı. Renkli kabzalı sapanını eline aldı. Birden Karacık Çoban'ın üzerine altı yüz kâfir hücum edip geldi. Kâfir şöyle dedi:

Gece karanlık olduğunda kaygılı çoban!
Karla yağmur yağdığında çakmaklı çoban!
Sütü, peyniri bol kaymaklı çoban!
Kazan Bey'in çatısı altından olan çadırlarını bir yıkmışız.
Sürü sürü çevik atlarına biz binmişiz.
Yaşlı anasını biz kaçırmışız.
Ağır hazine ve bol akçesini biz almışız.
Kaz gibi güzel kızlarını, gelinlerini biz esir etmişiz.
Kırk yiğitle Kazan'ın oğlunu biz tutsak edip getirmişiz.
Kırk ince belli kızla Kazan'ın nikahlı karısını biz kaçırmışız.
Bre çoban, uzakta mısın yakında mısın neredeysen çık ortaya!
Başını eğip elini göğsüne basarak
Biz kâfire selam ver ki
Seni öldürmeyelim. Kral Şökli'ye götürüp
Sana beylik alalım.

Çoban şöyle dedi:

Boş laf konuşma ey itim kâfir!
İtim ile aynı yalaktan pis artık su içen azgın kâfir!
Altındaki alaca atını ne översin?
Ala başlı keçim kadar değeri yok.
Başındaki miğferini ne översin, bre kâfir?
Başımdaki börküm kadar değeri yok.
Altmış tutam mızrağını ne översin, murdar kâfir?
Kızılcık değneğim kadar değeri yok.
Kılıcını ne översin bre kâfir?
Eğri başlı bastonum kadar değeri yok.
Okluğundaki doksan oku ne översin, ey kâfir?
Renkli kabzalı sapanım kadar değeri yok.
Uzakta da olsan yakında da olsan çık ortaya, beri gel!
Önce yiğitlerin vuruşunu gör, sonra ağzını aç.

Kâfirler çok düşünmeden at koşturup hücuma geçtiler. Ok yağmuruna tuttular. Savaşçıların ejderi Karacık Çoban sapanının meşinine taş koydu ve attı. Bir taşla ikisini, üçünü; iki taşla üçünü, dördünü yıktı. Kâfirlerin gözüne korku düştü. Karacık Çoban sapan taşıyla üç yüz kâfiri yerle bir etti. İki kardeşine ok isabet etti. Düşüp şehit oldular. Çobanın taşı tükendi. Koyun demez, keçi demez sapanının meşinine kor atardı. Kâfirin gözü korktu; dünya âlem gözüne dar oldu. "Bu lanet olası çoban bizim hepimizi kırmasın sakın?" dediler. Daha da durmayıp kaçtılar.

Çoban şehit olan kardeşlerini Hakk'ın huzuruna yolcu etti. Kâfir leşlerini toplayıp büyük bir tepe yaptı. Çakmak çakıp ateş yaktı ve kepeneğinden bir parça tutuşturup kurumunu yarasına bastı. Yolun kenarına geçip ağlayıp sızlandı. "Salur Kazan, Bey Kazan! Ölü müsün, diri misin? Bu işlerden haberin yok mudur?" diye feryat etti.

Efendim, o gece heybetli Oğuzların uğuru, Bayındır Han'ın güveyisi Ulaş oğlu Salur Kazan bir kâbus gördü.

Sıçrayarak uyandı ve şöyle dedi: "Kardeşim Kara Göne, bilir misin düşümde ne gördüm? Kötü bir kâbus gördüm. Yumruğum üzerinde çırpınan şahinimi ölüyor gördüm. Çakan yıldırımın gökten inip çadırımın üzerine düştüğünü gördüm. Kara bir sis bulutunun karargâhımın üzerine inip bürüdüğünü gördüm. Kuduz kurtların çadırıma saldırdığını gördüm. Kara devenin ensemden ısırdığını gördüm. Kargı gibi kara saçımın uzadığını, uzayıp gözümü örttüğünü gördüm. On parmağımı bileklerime kadar kanda gördüm. Bu düşü gördüğümden beri aklımı başıma toplayamıyorum. Hanım, kardeşim, bu düşümü bana yor!"

Kara Göne şöyle dedi: "Kara bulut dediğin senin bahtındır. Kar ile yağmur dediğin senin askerindir. Saç kaygıdır, kan başına açılacak kötü işlerdir. Kalanını yoramıyorum. Hayırdır inşallah." O böyle deyince Kazan Bey "Benim avımı bozma, askerimi dağıtma! Ben bu koyu kızıl atı topuklarsam üç günlük yolu bir günde alırım. Öğle olmadan obaya varırım. Eğer sağ ve esense akşam olmadan ben yine döner size katılırım. Karargâhım sağ ve esen değilse kendi başınızın çaresine bakın! Ben artık gittim." dedi ve koyu kızıl atını topuklayıp uzaklaştı.

Bir müddet sonra obasına ulaştı. Sahipsiz kalan obasında kuzgunlar uçar, tazılar cirit atar görünce obası ile dertleşmiş. Bakalım efendim, nasıl dertleşmiş:

Kavim-kabile beraber oturduğum obam!
Yabani eşeklere ve boynuzlu geyiğe komşu obam!
Düşman sana nereden musallat olmuş?
Ulu ak çadırımın yerinde yeller esiyor.
Yaşlı anamın kendi gitmiş, yeri kalmış.
Oğlum Uraz'ın ok attığı nişangâhı kalmış.
Oğuz beylerinin at koşturulan meydanı kalmış.
Kara mutfak çadırından sadece ocak taşı kalmış

Bu halleri görünce Kazan'ın çekik kara gözleri kanlı yaşla doldu. Kan damarları kaynadı, kara bağrı sarsıldı. Koyu kızıl atını topukladı, kâfirlerin gittiği yola düşüp uzaklaştı. Kazan'ın önüne bir ırmak çıktı. Kazan, "Su Hakk'ın cemalini görmüştür. Ben onunla biraz dertleşip haber alayım," dedi. Bakalım efendim, nasıl söyleşmiş:

Ey Çağıl çağıl kayalardan akan,
Ağaç gemileri yürüten,
Hasan ile Hüseyin'in hasreti,
Bağ ve bostanın süsü ve hazinesi,
Aişe ile Fatıma'nın bakışı,
Çevik atların içtiği,
Kızıl develerin gelip geçtiği,
Çevresinde ak koyunların yattığı su!
Karargâhıma neler olduğunu bilir misin? De bana!
Ey su, kara başım kurban olsun sana!

dedi. Su nasıl haber versin ki? Sudan geçti. Bu kez bir kurda rastladı. "Kurt yüzü mübarektir. Kurtla söyleşip bilgi alayım," dedi. Bakalım efendim, nasıl söyleşmiş:

Ey gece karanlık olunca günü başlayan,
Kar ve yağmur yağdığında mertçe duran,
Evcil atları kişneten,
Gördüklerinde kızıl develeri böğürten,
Ak koyunları görünce kuyruğunu sallayıp kamçı gibi vuran,
Sırtını vurup muhkem ağılın kapısını açan,
Talan edip tekenin semizini yakalayan,
Kuyruğunu koparıp kanlı kanlı, löp löp yutan,
Ulumasıyla iri köpeklere meydan okuyan,
Çakmaklı çobanları gece uğraştıran,
Karargâhımın başına ne geldiğini bilir misin?
Kara başım kurban olsun sana, ey kurt!

dedi. Kurt nasıl haber verebilirdi ki? Kurttan da geçti. Kazan'ın karşısına Karaca Çoban'ın kara köpeği çıktı.

Kazan, kara köpekle söyleşip haber sordu. Bakalım, efendim nasıl söyleşmiş:

Ey gece karanlığında hav hav havlayan,
Ekşi ayran döküldüğünde maç maç yalayan,
Gelen hırsızları korkutan,
Şamatasıyla ürkütüp kaçıran!
Karargâhıma neler olduğunu bilir misin? De bana!
Kara başım sağ oldukça iyilikler ederim sana, ey köpek!

Köpek nasıl haber versin ki? Köpek, Kazan'ın atının ayaklarına dolaşıp havlamaya başladı. Kazan bir sopa ile köpeğe vurdu. Köpek de inleye inleye geldiği yola doğru kaçtı. Kazan köpeği takip ederek Karaca Çoban'a geldi. Çobanı gördüğünde onunla söyleşip haberleşti. Bakalım efendim, nasıl haberleşti. Kazan şöyle dedi:

Gece karanlık olunca kaygılı çoban,
Kar ile yağmur yağdığında ateş yakan çoban,
Sesimi duy, sözümü işit!
Ulu ak otağım buralardan geçip gitmiş, gördün mü? De bana!
Ey çoban, kara başım kurban olsun sana!

Çoban:

Ey Kazan, ölmüş müydün, yitmiş miydin?
Ey Kazan, Nerelerde gezerdin, neredeydin?
Gece miydi, önceki gün müydü neydi; evin buradan geçti.
Yaşlı anan kara deve boynuna asılmış idi.
Kırk ince belli kızıyla nikâhlı karın
Boyu Uzun Borla Hatun,
Ağlayarak buradan geçti.
Kırk yiğitle oğlun Uruz,
Başı açık, ayak yalın
Kâfirlerin yanında tutsak gitti,
Sürü sürü çevik atlarına kâfir binmiş.

Katar katar kızıl develerine kâfir binmiş.
Altın, gümüş bol hazineni kâfir almış.

Çoban böyle deyince Kazan ah etti, aklı başından gitti. Dünya âlem gözüne karardı. Şöyle dedi:

Ağzın kurusun çoban!
Dilin çürüsün çoban!
Kadir Mevla senin alnına
Kaza bela yazsın çoban!

Kazan Bey böyle deyince çoban cevap verdi:

Ne kızarsın bana, ağam Kazan!
Acaba göğsünde yok mudur iman?

"Altı yüz kâfir de benim üzerime geldi. İki kardeşim şehit oldu. Savaştım, üç yüz kâfir öldürdüm. Zayıf olsun, toklu olsun, semiz olsun, senin koyunlarından kâfire hiç vermedim. Üç yerimden yaralandım, kara başım döndü, tek başıma çaresiz kaldım. Suçum bu mudur?" Çoban şöyle devam etti:

Koyu kızıl atını
Ver bana!
Altmış tutam mızrağını
Ver bana!
Alaca kalkanını
Ver bana!
Kara çelik has kılıcını
Ver bana!
Okluğundaki seksen oku
Ver bana!
Ak kabzalı sert yayını
Ver bana!
Kâfire ben gideyim!

Yeni doğmuşuna kadar öldüreyim!
Gömleğimin kolu ile alnımın kanını ben sileyim!
Ölürsem senin uğrunda öleyim!
Allah Teâlâ izin verirse senin evini kurtaran ben olayım!

Çoban böyle deyince Kazan'ı büyün bir üzüntü aldı. Başını alıp yürüyüverdi. Çoban da Kazan'ın ardından yetişti. Kazan arkasında çobanı görünce "Oğul çoban, nereye gidersin?" dedi. Çoban cevap verdi: "Ağam Kazan, sen evini kurtarmaya gidersen ben de kardeşlerimin intikamını almaya giderim." O böyle deyince Kazan "Oğul çoban, karnım açtır. Yiyecek bir şeylerin var mı?" diye sordu. Çoban "Evet var, Kazan Beyim. Gece bir kuzu pişirmiştim. Gel, inip şu ağacın dibinde yiyelim," dedi. İndiler, çoban dağarcığı çıkardı, yediler. Kazan düşündü taşındı ve kendi kendine şöyle dedi: "Eğer çobanla gidecek olursam Oğuz beyleri laf eder, benim başıma kakarlar. 'Kazan, çobanın yardımı olmasaydı kâfiri yenemezdi,' derler." dedi. Kazan bir gayretle çobanı bir ağaca sıkıca sararak bağladı. Atına bindi. Ayrılırken çobana, "Bre çoban, karnın tokken, gücün varken kendini bu ağaçtan kurtarmaya bak. Yoksa seni burada kurtlar kuşlar yer," dedi. Karaca çoban hamle yaptı, koca ağacı köküyle toprağıyla söküp arkasına aldı. Kazan'ın ardına düştü. Kazan baktı ki çoban ağacı arkasına almış geliyor, "Bre çoban, bu ağaç da neyin nesi?" diye sordu. Çoban "Ağam Kazan, sen kâfire baskın yaparken karnın acıkır. Ben de sana yemek pişiririm. İşte bu da yemeğin altında yakacağım ağaçtır," dedi. Bu söz Kazan'ın hoşuna gitti. Atından indi, çobanın ellerini çözdü, alnından öptü ve "Allah evimi kurtarmama yardım ederse ben de seni imrahor[1] yapacağım." dedi. İkisi birlikte yola koyuldular.

Diğer taraftan Kral Şökli, kâfirlerle şen ve mutlu bir şekilde yiyip içip oturuyordu. Şöyle dedi: "Beyler, bilir

1 Hükümdarın atlarından sorumlu yüksek rütbeli memuru. (haz.n.)

misiniz Kazan'a nasıl bir kötülük yapabiliriz? Boyu Uzun Borla hatununu getirip kendimize içki sundurup eğlenebiliriz." Boyu Uzun Borla bunu işitince yüreğine, canına ateşler düştü. Kırk ince belli kızın arasına girdi ve bir öğüt verdi: "Kazan'ın karısı hanginizdir diye gelip sorarlarsa kırkınız bir ağızdan 'benim' diye cevap verin!" dedi. Kral Şökli'nin adamlarından biri gelip sordu "Kazan Bey'in karısı hanginizdir?" Kırk yerden hep bir ağızdan aynı cevabı verdiler. Böylece hangisi olduğunu anlayamadılar. Kâfir krala haber verdiler: "Birine sorduk, kırkı birden aynı cevabı verdi. Hangisi olduğunu anlayamadık." Kâfir, "Bre gidin, Kazan'ın oğlu Uruz'u çekin, çengele asın! Kıyma kıyma ak etinden koparın! O etten kara kavurma pişirip kırk bey kızına verin! Kim yerse o değildir, kim yemezse odur. Yemeyeni alın gelin, içki sunup bizi eğlendirsin!" dedi. Boyu Uzun Borla Hatun oğlunun yakınına geldi. Çağırıp oğluna anlattı. Bakalım efendim nasıl anlatmış:

Oğul oğul, ey oğul!
Bilir misin neler oldu?
Söyleştiler fısıl fısıl.
Kâfirin yapacaklarını duydum.
Çatısı altın ulu evimin direği oğul!
Kaz gibi zarif kızımın gelinimin çiçeği oğul!
Oğul oğul, ey oğul!
Dokuz ay karnımda taşıdığım oğul!
On ay olunca dünyaya getirdiğim oğul!
Sırmalı beşikte belediğim oğul!

"Kâfirler haince söyleştiler. 'Kazan oğlu Uruz'u hapisten çıkarın, boğazından urganla asın, sırtından sağlı sollu çengele geçirin, Kıyma kıyma ak etlerinden kesin! Kara kavurma pişirip kırk bey kızına götürün! Kim yerse o değil. Yemeyen Kazan'ın karısıdır. Onu çekip döşeğimize getirelim, şarap sundurup eğlenelim.' derler. Senin etinden mi yiyeyim yoksa bozuk dinli kâfirin yatağına mı gireyim? Ağan Kazan'ın namusuna leke mi sürdüreyim? Nasıl yapayım ey oğul?" dedi.

Uruz şöyle dedi:

Ağzın kurusun ana, dilin çürüsün ana!
Ana hakkı Tanrı hakkı olmasaydı
Yerimden ayağa kalkardım,
Yakanla boğazından tutardım,
Kaba ayaklarımın altına alırdım,
Ak yüzünü kara yere vururdum,
Ağzınla burnundan kan kusturdum,
Can ne tatlıymış. Sana gösterirdim.
Bun ne sözdür?
Kadın ana, ölürsem sakın üzerime gelme,
Benim için ağlama!
Kadın ana! Bırak beni çengele vursunlar!
Bırak etimden kessinler, kara kavurma etsinler!
Kırk bey kızının önüne götürsünler!
Onlar bir yerse sen iki ye!
Kâfirler seni anlamasınlar, bilmesinler
Ki bozuk dinli kâfirin döşeğine gitmeyesin
Babam Kazan'ın namusuna leke sürmeyesin!

Oğlu böğle deyince uzun boylu, ince belli Borla Hatun başını iki elinin arasına alıp çöktü. Güz elması gibi al yanaklarını çekti yırttı. Kargı gibi kara saçını yoldu. Oğul oğul diyerek feryat ve figan edip ağladı. Uruz şöyle dedi:

Kadın ana, karşıma geçip ne böğürürsün!
Ne yanıp yakılır, ne ağlarsın!
Bağrımla yüreğimi ne dağlarsın!
Bana geçmiş güzel günleri ne hatırlatırsın!
Ey ana, Arap atlarının olduğu yerde

Tayları da olmaz mı!
Kızıl develerin olduğu yerde
Yavruları da olmaz mı!
Ak koyunların olduğu yerde
Kuzucukları olmaz mı!
Sen sağ ol kadın anam, babam sağ olsun!
Benim gibi bir oğul bulunmaz mı!

Böyle deyince annesinin aklı başından gitti. Yürüyüp kırk ince belli kızın içine girdi. Kâfirler Uruz'u alıp hayvan kestikleri yere getirdiler. Uruz, "Bre kâfir biraz insaf, aman! Tanrı'nın birliğine şüphe yoktur. İzin verin önce şu ağaçla dertleşip söyleşeyim!" dedi. Ağaca seslendi. Bakalım efendim, neler anlatmış:

Ağaç ağaç dersem sana, küçümseme ey ağaç!
Mekke'nin Medine'nin kapısı da ağaç.
Tanrı'yla konuşan Musa'nın asası da ağaç.
Büyük büyük ırmakların köprüsü, ağaç.
Kara kara denizlerde yüzen gemiler ağaç.
Yiğitler şahı Ali'nin Düldül'ünün eğeri, ağaç.
Ali'nin kılıcı Zülfikar'ın kını ve kabzası, ağaç.
Şah Hasan ve Hüseyin'in beşiği, ağaç.
Erkek olsun kadın olsun, herkesin korktuğu sopa, ağaç.
Başına doğru bakacak olsam başsız ağaç.
Dibine bakacak olsam dipsiz ağaç.
Beni sana asacaklar, ağırlığımı çekme!
Ağırlığımı çekecek olursan, seni bu yiğidin ahı tutsun, ey ağaç!
Ey ağaç, bizim elde olsaydın
Kara tenli Hintli kölelerime emrederdim.
Seni lime lime doğratırdım.

Şöyle devam etti:

Gasp edilmiş sürü sürü atıma yazık!
Kardeş diye ağlayan yoldaşıma yazık!
Yumruğum üzerinde kanat çırpan şahinime yazık!

Tasma ile zapt edilen tazıma yazık!
Beyliğe doymayan özüme yazık!
Yiğitlikten, gençlikten daha bıkmamış canıma yazık!

Ah vah ile ağladı, ciğerini dağladı. Bu esnada Salur Kazan ile Karaca Çoban atlarını koşturarak yetiştiler. Çobanın sapanının meşini üç yaşındaki dana derisinden, kolları üç keçi tüyünden, çatalı bir keçi tüyünden yapılmıştı. Her attığında on iki batman[1] taş atardı. Attığı taş yere düşmezdi. Düşse de yer toz gibi savrulur, düştüğü yerde uçurum gibi bir göçük açılırdı. Taşın düştüğü yerde üç yıla kadar ot bitmezdi. İster semiz ister zayıf, ister toklu olsun, koyunlar bayırda açıkta kalsalar sapanın korkusundan gelip kurt yemezdi. Hal bu iken Karaca Çoban, sapanını gerdi ve şaklattı. Kâfirin gözü karardı, dünya âlem dar oldu. Kazan, "Karacık Çoban, biraz dur! Anamı kâfirlerden isteyeyim. At ayakları altında ezilmesin," dedi.

At ayağı çabuk, ozan dili çevik olur. Kazan, kâfire seslenip söylemiş. Bakalım efendim, ne demiş:

Bre Kral Şökli,
Çatısı altın ulu çadırlarımı getirmişsin.
Sana gölgelik olsun!
Ağır hazinemi, bol akçemi götürmüşsün.
Sana harçlık olsun!
Kırk ince belli kızla Borla Hatun'u götürmüşsün.
Sana esir olsun!
Kırk yiğitle oğlum Uruz'u getirmişsin.
Kulun olsun!
Sürü sürü çevik atlarımı alıp getirmişsin.
Sana binek olsun!
Katar katar develerimi alıp getirmişsin.
Sana yük hayvanı olsun!

1 Yerine veya ölçülen ürüne göre birimi değişen (2 ile 8 okka arasında) eski bir ağırlık ölçüsü. (haz.n.)

Yaşlı anamı alıp getirmişsin.
Bre kâfir, anamı ver bana!
Savaşmadan vuruşmadan bu işten vazgeçeyim!
Geri dönüp gideyim!

deyince kâfir:

Bre Kazan,
Çatısı altın ulu çadırlarını
Getirmişiz, zaten bizimdir.
Kırk ince belli kızla Boyu Uzun Borla Hatun'u
Getirmişiz, zaten bizimdir.
Kırk yiğitle oğlun Uruz'u
Getirmişiz, zaten bizimdir.
Sürü sürü çevik atlarını,
Katar katar develerini,
Getirmişiz, zaten bizimdir.
Yaşlı ananı
Getirmişiz, bizimdir.
Sana vermeyiz.
Onu keşiş oğlu Yayhan'a veririz.
Keşiş oğlu Yayhan'dan bir oğlu olur.
Onu da sana hasım yaparız.

Böyle deyince Karacık Çoban'ın tepesi attı, sinirden dudakları kurudu ve şöyle dedi:

Bre dinsiz, akılsız kâfir,
Beyinsiz, dengesiz kâfir!
Karşıdaki karlı kara dağlar
Yaşlıdır, otu bitmez.
Coşkun akan ırmakların
Yaşlanınca suyu gelmez.
Kıvrak kıvrak atlar,
Yaşlanınca tay vermez.
Kızıl develer yaşlanınca
Yavru vermez.

Kazan'ın anası
Yaşlıdır, oğul vermez.

"Ey Kral Şökli, senden çocuk türesin istiyorsan, kara gözlü kızın varsa getir, Kazan'a ver! Bre kâfir, senin kızından oğlu olsun! Kazan Bey'e hasım siz onu yaparsınız," dedi. Bu esnada heybetli Oğuz beyleri yetiştiler. Bakalım kimler geldi:

Kara Dere ağzında kadir Mevla'nın verdiği,
Beşiğinin örtüsü kara boğa derisinden olan,
Sinirlendiğinde kara taşı kül eden,
Ensesine kadar uzayan bıyığına, yedi yerinde düğüm atan,
Yiğitler ejderi, Kazan Bey'in kardeşi Kara Göne
At koşturup yetişti.
"Vur kılıcını Kazan kardeş! Yetiştim." dedi.

Bunun ardından, bakalım, kimler gelmiş:

Demir Kapı geçidindeki
Demir kapıyı basıp alan,
Altmış tutamlık renkli mızrağının ucunda adam böğürten,
Kıyan Selçuk oğlu Deli Dündar
At koşturup yetişti.
"Vur kılıcını Kazan ağam! Yetiştim." dedi.

Bunun ardından, bakalım efendim, kimler gelmiş:

Diyarbakır ve Mardin kalelerini basıp yıkan,
Demir Yaylı Kıpçak Kral'a kan kusturan,
Gelip Kazan'ın kızını erlik ve mertlikle nikâhına alan,
Oğuz'un ak sakallı ihtiyarlarının gördüklerinde övüp sevdikleri,
Al ipek şalvarlı,
Atının örtüsü deniz öküzü derisinden,
Kara Göne oğlu Kara Budak
At koşturup yetişti.
"Vur kılıcını Kazan ağam! Yetiştim." dedi.

Sorgusuz sualsiz gidip Bayındır Han'ın düşmanını basan,
Altmış bin kâfire kan kusturan,
Ak boz atının yelesi üzerinde kar bırakan,
Gaflet Koca oğlu Şer Şemseddin
At koşturup yetişti.
"Vur kılıcını Kazan ağam! Yetiştim." dedi.

Bunun ardından, bakalım efendim, kimler gelmiş:

Parasar'ın Bayburt kalesinden
Şimşek gibi uçan,
Rengârenk gerdek çadırına karşı gelen,
Yedi kızın umudu,
Oğuz taifesinin gururu,
Kazan Bey'in inanıp güvendiği, boz aygırlı Beyrek
At koşturup yetişti.
"Vur kılıcını Kazan ağam! Yetiştim." dedi.

Bunun ardından, bakalım efendim, kimler gelmiş:

Çatık baktığı zaman çalımlı,
Boz-kara kartal gibi erdemli
İki parça süslü kuşaklı,
Kulağı altın küpeli,
Oğuz beylerini bir bir atından yıkan
Kazılık Koca oğlu Yeğenek
At koşturup yetişti.
"Vur kılıcını Kazan ağam! Yetiştim." dedi.

Bunun ardından, bakalım efendim, kimler gelmiş:

Altmış teke derisinden kürk dikilse topuklarını örtmeyen,
Altı teke derisinden başlık diktirse kulaklarını örtmeyen,
Kolu bacağı direk gibi,
Uzun baldırları ince,
Kazan Bey'in dayısı At Ağızlı Arız Koca

At koşturup yetişti.
"Vur kılıcını Kazan ağam! Yetiştim." dedi.

Bunun ardından, bakalım efendim, kimler gelmiş:

Gidip peygamberin yüzünü gören,
Gelip Oğuz'da sahabesi olan,
Öfkelendiğinde bıyıklarından kan çıkan,
Bıyığı Kanlı Büğdüz Emen
At koşturup yetişti.
"Vur kılıcını Kazan ağam! Yetiştim." dedi.

Bunun ardından, bakalım efendim, kimler gelmiş:

Kâfirleri it arkasında bırakıp hor gören,
Memleketten çıkıp Aygır Gözler suyunda at yüzdüren,
Elli yedi kalenin anahtarını alan,
Ak Melik kızı Çeşme'yi nikâhlayan,
Kral Sofi Sandal'a kan kusturan,
Kırk cübbeye bürünüp
Otuz yedi kale beylerinin sevgili kızlarını çalıp
Tek tek boynuna sarılan, yüzünden dudağından öpen
Eylik Koca oğlu Alp Eren
At koşturup yetişti.
"Vur kılıcını Kazan ağam! Yetiştim." dedi.

Oğuz beyleri saymakla tükenecek gibi değillerdi. Hepsi yetiştiler. Temiz sudan abdest aldılar. Ak alınlarını yere koyup secde ettiler, iki rekât namaz kıldılar. Adı güzel Muhammed'e salavat getirdiler. Kaygısızca kâfire at koşturdular, kılıç vurdular. Gümbür gümbür nakkareler, davullar çalındı, altın burmalı tunç borular öttü. O gün gerçek er ve yiğitler meydana çıktı. O gün korkaklar saklanacak yer aradı. O gün kıyamet gibi bir savaş oldu. Başlar kesildi top gibi yuvarlandı. Meydan kesik başla doldu. Çevik atlar nalları düşene kadar koştu. Rengarenk mızraklar savruldu, kara çelik has kılıçlar vuruldu, ağızları düştü. Üç telekli kayın oklar atıldı, uçları düştü. O gün bir kıyamet günü oldu. Bey muhafız askerini, muhafız beyini göremez oldu.

Dış Oğuz beyleriyle Deli Dündar sağdan bastırdı; savaşçı yiğitleriyle Kara Göne oğlu Budak soldan bastırdı. Kazan, İç Oğuz beyleriyle dip kısmı bastı ve Kral Şökli'yi kuşattı. Kralı böğürtüp atından düşürdü. Gafil avlayıp kara başını tutup kesti. Kağşatıp al kanını yer yüzüne döktü. Sağ tarafta Kara Tekür[1] Melik'in karşısına Kıyan Selçuk oğlu Deli Dündar çıktı. Deli Dündar, Kara Tekür'ü sağ tarafından kılıçlayıp yıktı. Sol tarafa Boğacık Melik'in karşısına Kara Göne oğlu Deli Budak çıktı; altı köşeli gürz ile kafasına var gücüyle vurdu. Boğacık'ın gözünde dünya âlem karardı. Atının boynunu kucakladı. Nihayet yere düştü.

Kazan Bey'in kardeşi kâfirin tuğuyla sancağını kılıçladı, yere attı. Dere tepe her yerde kâfir kırıldı, leşlerine kuzgun üşüştü. On iki bin kâfir kılıçtan geçti. Beş yüz Oğuz yiğidi şehit oldu. Kazan Bey kaçanları kovalamadı, merhamet dileyeni öldürmedi. Heybetli Oğuz beyleri bol ganimet elde ettiler. Kazan Bey karargâhını, oğlanını, uşağını, hazinesini alıp geri döndü. Atın tahtına oturdu. Çadırını tekrar kurdu. Karacık Çobanı imrahor yaptı. Yedi gün, yedi gece yendi içildi. Kırk baş köleyi ve kırk cariyeyi oğlu Uruz'un başı için azat etti. Savaşçı yiğitlere şalvar, cübbe ve çuha giysilerden hediyeler verdi.

Dedem Korkut gelip hikâyeyi anlattı, şiirler söyledi. Bu Oğuzname'yi düzdü, tertip etti. Şöyle dedi:

Hani bahsettiğim erenler,
'Dünya benim' diyenler?
Ecel aldı, toprak gizledi

1 Tekür (tekfur): Bizans İmparatorluğu'nda valilik derecesindeki idari hizmetlerde bulunanlara verilen isim. (haz.n.)

Fani dünya kime kaldı?
Gelimli gidimli dünya,
Nihayet son noktada ölümlü dünya.

Dua edip kutlayayım efendim:

Karlı kara dağların yıkılmasın!
Gölge veren ulu ağacın kesilmesin!
Coşkun akan güzel suyun kurumasın!
Hey şeye gücü yeten Tanrı seni namerde muhtaç etmesin!
Akıyla bozuyla atların koştururken tökezlemesin!
Vuruştuğunda kara çelik has kılıcın körelmesin
Cenk ederken renkli mızrağın kırılmasın!
Aksakallı babanın mekânı cennet olsun!
Ak saçlı ananın yeri cennet olsun!
Son nefeste halis imandan ayırmasın!
Amin diyenler Tanrı'nın cemaline mazhar olsunlar!
Ak alnında beş cümle dua ettik. Kabul olsun!
Allah'ın verdiği umudun kırılmasın!
Bir araya getirsin, gayret versin!
Günahlarını adı güzel Muhammed Mustafa'nın
Yüzü suyu hürmetine bağışlasın!
Ey efendim!

Bay Bora'nın Oğlu Bamsı Beyrek'in Hikâyesi

Efendim,

Bir gün Kamgan oğlu Bayındır Han kalkıp beyaz çadırını yeryüzüne kurdurdu, renkli gölgeliği gökyüzüne açtırdı, yerleri ipek halılarla döşetti.

İç ve Dış Oğuz beyleri Bayındır Han'ın sohbetine gelmişti. Bay Bora Bey de Bayındır Han'ın sohbetine geldi. Bayındır Han'ın karşısında Kara Göne oğlu Kara Budak, yayına dayanıp durdu. Sağ tarafında da Kazan oğlu Uruz vardı. Sol yanında ise Kazılık Koca oğlu Yeğenek Bey durmuştu. Bay Bora Bey onları görünce ah etti, aklı başından gitti. Mendilini eline alıp hıçkıra hıçkıra ağladı.

Böyle olunca, kudretli Oğuz'un dayanağı, Bayındır Han'ın güveyisi Salur Kazan, koca dizleri üzerine çöktü. Gözlerini dikerek Bay Bora Bey'in yüzüne baktı, "Bay Bora Bey niye ağlayıp sızlanırsın?" dedi. Bay Bora Bey, "Kazan Han, nasıl ağlamayayım? Nasıl sızlanmayayım? Oğlandan nasibim, mirasçım yok, kardeşten kaderim yok. Allah Teâlâ, beni lanetlemiştir. Tacım, tahtım için ağlarım. Bir gün olur, ölür gidersem yerimde, yurdumda kimse kalmayacak." dedi. Kazan, "Bunun için mi ağlarsın?" diye sordu. Bay Bora Bey, "Evet, bunun için. Benim de oğlum olsun,

Bayındır Han'ın karşısına geçip dursun, hizmet etsin; ben de ona bakıp sevineyim, kıvanç duyayım, güveneyim isterim," dedi. Bay Bora Bey böyle deyince kudretli Oğuz beyleri yüzlerini göğe çevirdiler, ellerini kaldırıp dua ettiler. "Allah Teâlâ sana da bir oğlan versin!" dediler.

O zamanlarda beylerin duası dua, bedduası ise bedduaydı. Duaları kabul olurdu. Bay Bican Bey de yerinden kalktı. "Beyler, benim için de bir dua edin, Allah Teâlâ bana da bir kız versin," dedi. Kudretli Oğuz beyleri el kaldırıp dua ettiler. "Allah Teâlâ sana da bir kız versin!" dediler. Bay Bican Bey, "Beyler, Allah Teâlâ bana bir kız verecek olursa siz şahitsiniz, o zaman benim kızım Bay Bora Bey'in oğluyla beşik kertmesi olsun," dedi. Bunun üzerine biraz zaman geçti. Allah Teâlâ Bay Bora Bey'e bir oğlan, Bay Bican Bey'e de bir kız çocuk verdi. Kudretli Oğuz beyleri bunu duydular ve mutlu olup sevindiler.

Bay Bora Bey, tüccarlarını yanına çağırıp emretti: "Bre tüccarlar! Allah Teâlâ bana bir erkek çocuk verdi. Rum eline gidip benim oğlum büyüyene kadar güzel hediyeler alıp getirin."

Tüccarlar da bu emri duyunca yola çıktılar, gece gündüz demeden yol aldılar. İstanbul'a geldiler. Görülmemiş güzellikte, nadide hediyeler aldılar. Bay Bora'nın oğlu için bir boz erkek tay aldılar. Bir ak kabzalı sert yay aldılar, bir de altı dilimli gürz aldılar ve yol hazırlıklarını yaptılar.

Onlar gelinceye kadar aylar, seneler geçti. Bay Bora'nın oğlu beş yaşına girdi; beş yaşından on yaşına girdi; on yaşından on beş yaşına girdi. Çatık baksa çalımlı, kartal erdemine sahip bir güzel yiğit oldu.

O zamanlarda beyler, bir oğlan baş kesip kan dökmezse ona isim koymazlardı. Bay Bora Bey'in oğlu, atını alıp ava çıktı. Av avlarken babasının sürüsüne geldi. İmrahor onu karşılayıp attan indirdi. Misafir etti. Orada yiyip içip oturdular.

Bu yandan da tüccarlar gelip Pasin'in Kara Dervent sınırına varmışlardı. Yüzleri gülmeyesice, muratlarına ermeyesice Avnik Kalesi kâfirleri, bunların üzerine casus gönderdi. Tüccarlar yatarken, beş yüz kâfir aniden hücum edip yağmaladılar. Tüccarların büyüğü yakalandı, küçüğü ise kaçarak Oğuz diyarına geldi. Tüccar, Oğuz sınırında bir renkli gölgelik kurulmuş olduğunu, içinde bir bey oğlu güzel yiğidin, sağında ve solunda kırk yiğidiyle oturduğunu görünce, "Bu olsa olsa Oğuz'un bir güzel yiğididir, gidip yardım isteyeyim," dedi. Atını sürüp oraya gitti.

Tüccar, "Yiğit, yiğit, bey yiğit, sen benim sesime kulak ver, sözümü dinle! Biz on altı yıldır Oğuz diyarında değildik. Görülmemiş güzellikte, nadir kâfir mallarını Oğuz beylerine getiriyorduk. Pasin'in Kara Dervent sınırında mola vermiştik. Avnik Kalesi'nin beş yüz kâfiri üzerimize hücum etti. Kardeşim tutsak oldu, malımızı, rızkımızı yağmalayıp çekip gittiler. Kara başımı aldım, sana geldim. Kara başının sadakası olarak bana yardım et!" dedi.

Bu defa oğlan şarap içerken içmez oldu. Altın kadehi elinden yere attı ve şöyle dedi: "İstediklerimi alıp getirin! Kıyafetlerim ile benim çevik atımı getirin! Ey beni seven yiğitler, atlarınıza binin!"

Tüccar da önlerine düşüp onlara kılavuzluk etti. Kâfirler bir yerde oturmuş, akçe bölüşmekteydiler. Bu arada erenlerin aslanı, pehlivanların kaplanı, Bozoğlan çıkıp geldi. Bir iki demedi, kâfirlere kılıç vurdu. Gaza edip baş kaldıran kâfirleri öldürdü. Tüccarların malını kurtardı.

Tüccarlar şöyle dediler: "Yiğit Bey, sen bize mertlik gösterdin. Gel şimdi, sen de beğendiğin maldan al!" Yiğidin gözü bir erkek boz taya, bir altı dilimli gürze, bir de ak kabzalı yaya ilişti. Bu üçünü beğendi. "Bre tüccarlar, bu aygırı, bu yayı, bu gürzü bana verin!" dedi. Böyle deyince tüccarlar, öylece kaldılar. Yiğit, "Bre tüccarlar çok mu istedim?" diye sordu. Tüccarlar, "Hayır Sultanım, niye çok olsun! Ama bizim bir beyimizin oğlu var, bu üçünü ona armağan olarak götürmemiz lazım," dediler. Oğlan, "Bre beyinizin oğlu kimdir?" dedi. Tüccarlar, "Bay Bora'nın oğlu vardır, adına Bamsı derler," dediler. Tüccarlar, o yiğidin aslında Bay Bora'nın oğlu olduğunu bilmediler. Yiğit parmağını ısırdı ve şöyle dedi, "Burada minnetle almaktansa orada babamın yanında minnetsiz almak daha iyidir." Atını kamçıladı, yola düştü. Tüccarlar ardından bakakaldı. "Vallahi, güzel yiğit, mert yiğit!" dediler.

Bozoğlan, babasının evine geldi. Babası, tüccarlar geldi diye sevindi. Divanın kurulmasını emretti, renkli gölgeliği olan çadırlar, otağlar kurdurdu, küçük ipek halıları serdi sonra geçip oturdu. Oğlunu sağ yanına aldı. Oğlan, tüccarlarla ilgili bir şeyden söz etmedi, kâfirleri bozguna uğrattığından bahsetmedi.

Aniden tüccarlar geldi. Baş eğerek selam verdiler. Tüccarlar baş kesip kan döken o yiğidin Bay Bora Bey'in sağında oturduğunu görünce yürüyüp elini öptüler. Onlar böyle yapınca Bay Bora Bey öfkelendi. Tüccarlara, "Bre aptal oğlu aptallar, baba dururken oğulun eli öpülür mü?" dedi. "Efendim, bu yiğit senin oğlun mu?" dediler. "Evet, benim oğlum." dedi. "Öyleyse önce onun elini öptüğümüze darılma efendim. Sultanım, eğer senin oğlun olmasaydı bizim malımız Gürcistan'a gitmişti, hepimiz tutsak olmuştuk." dediler.

Bay Bora, "Bre benim oğlum baş mı kesti, kan mı döktü?" dedi. "Evet, baş kesti, kan döktü, at üstünden adamları alaşağı etti." dediler. "Bre bu oğlan ad konacak yaşa geldi mi?" dedi. "Evet sultanım, geldi de geçti bile." dediler. Bay Bora Bey, kudretli Oğuz beylerini çağırıp misafir etti. Sonra Dedem Korkut geldi, oğlana ad koydu.

Bakalım efendim ne söyledi:

Sesime kulak ver, sözümü dinle, Bay Bora Bey!
Allah Teâlâ sana bir oğul vermiş, sevdiklerine bağışlasın!
Mübarek sancak götürdüğünde Müslümanlar arkasında olsun!
Karşıda duran kara karlı dağlardan aşacak olsa,
Allah Teâlâ senin oğluna geçit versin!
Coşkun akan sulardan geçecek olsa geçit versin!
Kalabalık kâfire girdiğinde,
Allah Teâlâ senin oğluna fırsat versin!
Sen oğlunu Bamsam diye seversin,
Bunun adı Boz Aygırlı Bamsı Beyrek olsun!
Adını ben verdim, yaşını Allah versin!

dedi. Kudretli Oğuz beyleri el açıp dua ettiler. "Bu ad, bu yiğide hayırlı olsun!" dediler. Oğuz beylerinin hepsi ava gitti. Beyrek de boz aygırını getirtip bindi.

Oğuz'un üzerine aniden bir geyik sürüsü geldi. Bamsı Beyrek, kovalayarak birinin ardına düştü. Nihayet bir yere geldi. Ne mi gördü? Sultanım, yeşil çayırın üzerine bir kırmızı çadır kurulmuş olduğunu gördü. "Ya Rabbi, bu çadır kimin acaba?" dedi. Alacağı ela gözlü kızın çadırı olduğundan haberi yoktu. Bu çadırın yanına gitmeye çekindi. "Ne olursa olsun, hele ben avımı tutayım," dedi. Geyiği çadırın önünde yaralayıp yakaladı. Bu çadır Bamsı Beyrek'in beşik kertme nişanlısı ve sözlüsü, Bay Bican kızı Banu Çiçek'in çadırıydı. Banu Çiçek, çadırdan bakardı. "Bre dadılar, bu herif, bize erlik mi taslar? Gidin, vurduğu geyikten pay isteyin, bakalım ne der?" dedi.

Kısırca Yenge dedikleri bir hatun vardı. O, ileriye doğru yürüdü, geyikten pay istedi, "Hey yiğit bey, bize de bu geyikten pay ver." dedi. Beyrek, "Bre dadı, ben avcı değilim, bey oğlu beyim, hepsi sizin olsun! Ama sorması ayıp, bu çadır kimin?" dedi.

Kısırca Yenge, "Yiğit beyim, bu çadır Bay Bican kızı Banu Çiçek'indir," dedi. Bunun üzerine Beyrek'in kanı kaynadı, edeple usul usul geri döndü. Kızlar geyiği içeriye, güzeller şahı Banu Çiçek'in önüne getirdiler. Geyiğin besili boynuzlu semiz olduğunu görünce, Banu Çiçek sordu: "Bre kızlar, bu yiğit nasıl bir yiğitti?" Kızlar, "Vallahi sultanım, bu yiğit yüzü peçeli, güzel yiğittir. Bey oğlu bey imiş." dediler. Banu Çiçek, "Hey dadılar, babam bana 'Ben seni yüzü peçeli Beyrek'e verdim,' demişti. Bu, o olmasın! Bre çağırın gelsin, sohbet edeyim." dedi.

Çağırdılar, Beyrek geldi. Banu Çiçek başını örttü, "Yiğit nereden gelirsin?" diye sordu. Beyrek dedi: "İç Oğuz'dan." "İç Oğuz'dan kimin nesisin?" dedi. Beyrek, "Bay Bora Bey'in oğlu Bamsı Beyrek dedikleri benim," dedi. Kız, "Peki ya ne iş için geldin, yiğit?" diye sordu. Beyrek, "Bay Bican Bey'in bir kızı varmış, onu görmeye geldim," dedi. Kız, "O kız öyle birisi değildir ki sana görünsün," dedi. "Ama ben Banu Çiçek'in dadısıyım. Gel, seninle ava çıkalım, eğer senin atın benim atımı geçerse, onun atını da geçersin. Hem seninle ok atalım, beni geçersen onu da geçersin. Bir de seninle güreşelim, beni yenersen, onu da yenersin." dedi.

Beyrek, "Güzel, öyleyse ata binin." dedi. İkisi de ata bindiler, meydana çıkıp, at sürdüler. Beyrek'in atı, kızın atını geçti. Ok attılar, Beyrek'in oku kızın okunu geçti. Kız, "Bre yiğit, benim atımı kimsenin geçtiği yok. Okumu kimsenin geçtiği yok. Şimdi gel, seninle güreş tutalım." dedi.

Beyrek hemen attan indi. Güreşe tutuştular, pehlivan olup birbirlerine sarmaştılar. Beyrek götürüp kızı yere vurmak istedi, kız götürüp Beyrek'i yere vurmak istedi. Beyrek bunaldı, "Bu kıza yenilecek olursam kudretli Oğuz içinde bunu başıma kakıp yüzüme vururlar," dedi. Gayret etti, kızın bacaklarından kavrayıp göğsünden tuttu. Kız tedirgin oldu. Bu kez Beyrek, kızın ince belini tuttu. Çelme takıp kızı sırtı üstü yere vurdu.

Kız dedi: "Yiğit, Bican Bey'in kızı Banu Çiçek benim." Beyrek üç öptü, bir ısırdı. "Düğünün kutlu olsun, han kızı!" diyerek parmağından altın yüzüğü çıkardı, kızın parmağına taktı. "Bu, aramızda nişan olsun, han kızı." dedi. Kız dedi: "Madem ki böyle oldu, artık şimdi birbirimizden uzak durmamız gerek, bey oğlu." Beyrek de "Peki, öyle olsun efendim, baş üstüne." dedi.

Beyrek, kızdan ayrılıp evlerine geldi. Ak sakallı babası oğlunu karşıladı, "Oğul bugün Oğuz'dan yeni ne haber var?" dedi. Beyrek, "Ne olsun, oğlu olan evlendirmiş, kızı olan gelin etmiş." dedi. Babası, "Oğul, peki seni de evlendirelim mi?" dedi. "Evet öyle, ak sakallı aziz babam, evlendirin!" dedi.

Babası, "Oğuz'da sana kimin kızını alayım?" dedi. Beyrek, "Baba, bana bir kız al ki, ben yerimden doğrulup kalkmadan onun kalkması gerek. Ben atıma binmeden onun binmesi gerek. Ben hasmıma varmadan onun bana baş getirmesi gerek. Böyle kız al bana, baba!" dedi. Babası Bay Bora Han dedi: "Oğul, sen kız istemezsin, kendine yoldaş istersin. Senin aradığın kız, Bay Bican Bey kızı Banu Çiçek olmasın!" Beyrek, "Evet öyle, ak sakallı aziz babam, benim de istediğim odur." dedi. Babası, "Ay oğul, Banu Çiçek'in, Deli Karçar dedikleri bir deli kardeşi vardır, kız isteyeni öldürür." dedi. Beyrek, "Peki öyleyse ne edelim?" dedi. Bay Bora Bey, "Oğul, kudretli Oğuz beylerini çadırımıza davet edelim, nasıl yol gösterirlerse öyle yapalım." dedi. Kudretli Oğuz beylerinin hepsini çağırdılar, çadırlarına getirdiler, misafirleri çok iyi ağırladılar.

Kudretli Oğuz beyleri sordular: "Bu kızı istemeye kim gidebilir?" Dede Korkut'un gitmesini uygun gördüler. Dede Korkut, "Dostlar, mademki beni gönderirsiniz, bilirsiniz ki Deli Karçar kız kardeşini isteyeni öldürür. Bari Bayındır Han'ın ahırından iki çevik at getirin, bir keçi başlı kahverengi aygır, bir toklu başlı doru aygır getirin ki ansızın kaçıp kovalama olursa birisine bineyim, birisini yedekte tutayım," dedi.

Dede Korkut'un sözü kabul edildi. Gittiler, Bayındır Han'ın ahırından o iki atı getirdiler. Dede Korkut birine bindi, birini yedeğe aldı. "Dostlar sizi Hakk'a ısmarladım." deyip gitti.

Meğer sultanım o Deli Karçar da ulu ak çadırını kara toprağın üstüne kurdurmuştu. Yoldaşlarıyla putaya[1] ok atıp duruyordu. Dedem Korkut, diğer taraftan yaklaştı, başını indirdi, elini göğsüne bastı, içten güzel bir selam verdi. Deli Karçar ağzını köpüklendirdi, Dede Korkut'un yüzüne baktı ve dedi: "Aleykümselam, ey azgın amelli, bahtsız. Kadir Allah ak alnına kaza bela yazmış! Ayağı olanın buraya geldiği yok; ağzı olanın buradan su içtiği yok. Sana ne oldu? Belanı mı arıyorsun, yoksa eceline mi susadın? Buralarda ne yaparsın?" dedi.

Dede Korkut,

Karşıda duran Kara Dağ'ını aşmaya geldim;
Coşkun akan güzel suyunu geçmeye geldim;
Geniş eteğine, dar koltuğuna sığınmaya geldim;
Tanrı'nın emriyle, peygamberin kavliyle,
Aydan parlak, güneşten güzel kız kardeşin Banu Çiçek'i,
Bamsı Beyrek'e istemeye geldim.

dedi. Dede Korkut böyle deyince Deli Karçar, "Bre dediğimi hemen getirin! Kara aygırı teçhizatıyla getirin." dedi. Kara aygırı teçhizatıyla getirdiler. Deli Karçar'ı bindirdiler. Dede Korkut, bağını kopardı, durmadı kaçtı. Deli Karçar ardına düştü. Toklu başlı doru aygır yoruldu. Dede Korkut keçi başlı kahverengi aygıra sıçrayıp bindi. Deli Karçar, Dede'yi kovalaya kovalaya on tepe aştı. Nihayet Dede Korkut'un ardından yetişti. Dedenin aklı başından gitti. Tanrı'ya sığındı, İsmiazam Duası'nı okudu. Deli Karçar, kılıcını eline aldı, üzerinden öfkeyle saldırdı.

1 Puta: Okçulukta hedef. (haz.n.)

Deli bey, Dede'yi baştan aşağıya doğru kılıçtan geçirmek istedi. Dede Korkut, "Vurursan elin kurusun!" dedi. Hak Teâlâ'nın emriyle, Deli Karçar'ın eli yukarıda asılı kaldı. Çünkü Dede Korkut keramet sahibiydi, duası kabul oldu. Deli Karçar dedi: "Medet, merhamet, aman! Tanrı'nın birliği hususunda şüphe yoktur! Sen benim elimi iyileştir, Tanrı'nın emriyle, peygamberin kavliyle kız kardeşimi Beyrek'e vereyim." Üç kere ağzıyla tasdik etti, günahına tövbe etti.

Dede Korkut dua etti, Deli'nin eli, Hakk'ın emriyle sapasağlam oldu. Döndü, "Dede, kız kardeşim için ben ne istersem verir misin?" diye sordu. Dede, "Verelim," dedi, "Ne istersin bakalım?" Deli Karçar, "Bin tane erkek deve getirin ki dişi deve yüzü görmemiş olsun. Bin de aygır getirin ki hiç kısrakla çiftleşmemiş olsun. Bin koyun görmemiş koç getirin. Bin kuyruksuz kulaksız köpek getirin. Bin de pire getirin bana." dedi. "Eğer bu dediğim şeyleri getirirseniz, pekâlâ veririm. Ama getirmeyecek olursan, bu kez öldürmedim, o zaman seni öldürürüm." dedi.

Dede Korkut dönüp Bay Bora Bey'in evine geldi. Bay Bora Bey, "Dede haberler iyi mi kötü mü?" diye sordu. Dede, "İyi." dedi. "Peki öyleyse, Deli Karçar'ın elinden nasıl kurtuldun?" dedi. "Allah'ın lütfuyla, erenlerin yardımıyla oldu. Kızı aldım." dedi. Beyrek'e, anasına ve kız kardeşlerine müjdeci geldi. Sevinip mutlu oldular.

Bay Bora Bey, "Deli ne kadar mal istedi?" diye sordu. Dede Korkut, "Yüzü gülmeyesice, murada ermeyesice, Deli Karçar hazırlığı hiç bitmesin diye o kadar çok mal istedi ki." dedi. Bay Bora Bey dedi: "Hele ne istedi?" Dede dedi ki, "Bin tane kısrakla çiftleşmemiş aygır istedi. Bin de erkek deve istedi ki dişi deve görmemiş olacak. Bin koç görmemiş koyun istedi. Bin kuyruksuz ve kulaksız köpek istedi. Bin de ufacık tefecik pireler istedi. 'Bunları getirirseniz, kız kardeşimi veririm, getirmezsen, gözüme görünme, yoksa seni öldürürüm.' dedi." Bay Bora Bey, "Dede ben üçünü bulursam, ikisini de sen bulur musun?" dedi. Dede Korkut, "Peki Hanım, bulayım." dedi. Bay Bora Bey, "Öyleyse Dede, köpek ile pireyi sen bul." dedi. Kendisi de ahırlar dolusu atlarına gitti, bin aygır seçti; develerine gitti, bin erkek deve seçti; koyunlarına gitti, bin koç seçti. Dede Korkut da bin kuyruksuz, kulaksız köpek ile bin de pire buldu. Sonra bunları alıp Deli Karçar'a gitti.

Deli Karçar, Dede'nin geldiğini duydu, karşısına çıktı, "Bakayım, dediğimi getirdiler mi?" dedi. Aygırları görünce beğendi. Develeri gördüğünde beğendi. Koçları beğendi. Köpekleri görünce katıla katıla güldü. "Dede peki, hani benim pirelerim?" dedi. Dede Korkut dedi: "Ey oğul Karçar, bunlar adama üşüşür, pis sinekler gibi bunaltır, onlar yavuz canavardır. Hepsini bir yere topladım. Gel gidelim, irisini al, zayıfını bırak." dedi.

Deli Karçar'ı aldı, bir pireli yere götürdü. Deli Karçar'ı çıplak bıraktı, ağıla koydu. Pireler Deli Karçar'a üşüştü. Başa çıkamayacağını anlayınca, "Medet Dede! Merhamet et, Allah aşkına kapıyı aç, çıkayım." dedi. Dede Korkut, "Oğul, Karçar, nedir bu gürültü patırtı? Getirdim işte, ısmarladığın şey işte budur, ne oldu, böyle sıkıldın? İrisini al, zayıfını bırak." dedi. Deli Karçar, "Hey Dede sultan, Tanrı bunun irisini de alsın, zayıfını da! Beni hemen kapıdan dışarı çıkar, yardım et!" dedi.

Dede kapıyı açtı. Deli Karçar dışarı çıktı. Dede anladı ki, Deli'nin canına tak etmiş, başının derdine düşmüş, gövdesi pireden görünmez halde, yüzü gözü pirelerle kaplanmış. Deli, Dede'nin ayağına kapandı, "Allah aşkına beni kurtar!" diye yalvardı. Dede Korkut, "Git oğul, kendini suya at!" dedi. Deli Karçar koşarak gitti, suya atladı. Pireler, suya aktı gitti. Deli giysisini giyip evine gitti. Büyük düğünün hazırlıklarını yaptı.

Oğuz zamanında bir yiğit evlense, ok atardı, oku nereye düşerse, orada gerdek çadırı kurardı. Beyrek Han da okunu attı, dibine gerdek çadırını kurdu. Sözlüsünden düğün hediye olarak bir kırmızı kaftan geldi. Beyrek kaftanı giydi. Bu iş, yoldaşlarına hoş gelmedi, canları sıkıldı. Beyrek, "Canınız niye sıkıldı?" diye sordu. "Nasıl sıkılmayalım? Sen kızıl kaftan giyersin, biz ise ak kaftan giyeriz." dediler. Beyrek yoldaşlarına, "Bu kadarcık şeyden dolayı canınız niye sıkılır? Bugün ben giydim ise, yarın benden sonraki giysin. Kırk güne dek sırayla giyin, ondan sonra bir dervişe verelim." dedi.

Kırk yiğitle yiyip içip otururdu. Yüzü gülmeyesice, muradına ermeyesice kâfirin casusları bunlardan haber alarak Bayburt Hisarı'nın beyine gidip haber verdiler: "Ne oturursunuz Sultanım, Bay Bican Bey, o sana vereceği kızı Beyrek'e verdi. Bu gece gerdeğe girecek." dedi. Yüzü gülmeyesice, muradına ermeyesice o melun, yedi yüz kâfirle atını dört nala sürüp geldi. Beyrek rengârenk gerdek çadırı içinde yiyip içip olacaklardan habersiz oturuyordu. Kâfirler, gece uykusundayken çadıra bastılar. Bamsı'nın yardımcısı kılıcını çekip eline aldı, "Benim başım Beyrek'in başına kurban olsun!" dedi ve yaralanıp şehit oldu. Derin olsa batırır, kalabalık korkutur; at işler, er övünür; yayan erin umudu olmaz. Beyrek, otuz dokuz yiğidiyle tutsak olup gitti.

Şafak söktü, gün doğdu, Beyrek'in babası, anası baktılar ki gerdek çadırı ortada yok, ah ettiler, akılları başlarından gitti. Gördüler ki ortalıkta kuzgunlar uçar, tazılar cirit atar, obada sadece kendileri kalmış. Gerdek çadırı parçalanmış. Bamsı'nın yardımcısı şehit olmuş. Beyrek'in babası, kaba sarığını götürüp yere fırlattı, çekti yakasını yırttı. "Oğul oğul!" diyerek bağırıp feryat figan etti. Ak saçlı anası hüngür hüngür ağladı, gözünün yaşını döktü. Keskin tırnağını ak yüzüne geçirdi, al yanağını çekti.

Kargı gibi kara saçını yoldu, ağlaya sızlaya evine geldi. Bay Bora Bey'in büyük pencereli altın çatılı çadırına girdi. Kızı, gelini gülmez oldu, ak eline kızıl kına yakmaz oldu. Yedi kız kardeşi ak çıkardılar, kara giydiler. "Vay beyim, kardeşim! Muradına, maksuduna ermeyen yalnız kardeşim!" deyip birlikte ağlayıp feryat figan ettiler.

Beyrek'in nişanlısına haber geldi; Banu Çiçek, ak kaftanını çıkardı, karalar giydi. Güz elması gibi al yanağını çekti, yırttı;

Vay al duvağımın sahibi!
Vay alnımın, başımın umudu!
Vay şah yiğidim!
Vay kahraman yiğidim!
Yüzüne bakmaya doyamadığım efendim yiğit!
Beni yalnız bırakıp nereye gittin, canım yiğit?
Göz açıp gördüğüm,
Gönül ile sevdiğim,
Bir yastığa baş koyduğum,
Yolunda öldüğüm, kurban olduğum!
Vay Kazan Bey'in güvendiği
Vay kudretli Oğuz'un imrendiği,
Beyrek Han!

deyip hüngür hüngür ağladı.

Kıyan Selçuk oğlu Deli Dündar, bunu duyunca ak çıkardı, kara giydi. Beyrek'in dost ve yoldaşları ak çıkarıp karalar giydiler. Kudretli Oğuz beyleri Beyrek için ağır bir matem tuttular. Umudu kestiler.

Bunun üzerinden on altı yıl geçti. Ne ölüsünden ne dirisinden... Beyrek'ten haber alamadılar. Bir gün Banu Çiçek'in kardeşi Deli Karçar, Bayındır Han'ın divanına gelip diz çöktü, "Devletlü hanın ömrü uzun olsun! Beyrek sağ olsa, on altı yıldır gelirdi. Bir yiğit olsa, sağ olduğu haberini getirse, ona ipek giysiler ve altın akçe verirdim; ölü olduğu haberini getirene kız kardeşimi verirdim." dedi.

Deli Karçar böyle deyince, yüzü gülmeyesice, murada ermeyesice Yalancı oğlu Yaltacık, "Sultanım, ben gideyim, ölü veya diri, haberini getireyim," dedi ve gitti. Meğer önceden Beyrek buna bir gömlek bağışlamıştı, giymeyip saklardı. Gitti, gömleği kana buladı, Bayındır Han'ın önüne getirip bıraktı. Bayındır Han sordu: "Bre bu gömlek nedir?" Yaltacık, "Beyrek'i Kara Dervent'te öldürmüşler. İşte delili, sultanım." dedi.

Beyler gömleği görünce hüngür hüngür ağlaşıp feryat figan ettiler. Bayındır Han dedi: "Bre niye ağlarsınız? Biz bunu tanımayız. Nişanlısına götürün, görsün. O iyi bilir, çünkü o dikmiştir, yine o tanır." dedi. Gittiler, gömleği Banu Çiçek'e götürdüler. Gördü, tanıdı, "Odur." dedi. Çekti yakasını yırttı. Keskin tırnağını ak yüzüne geçirdi, güz elması gibi al yanağını yırttı.

Vay göz açıp gördüğüm,
Gönül verip sevdiğim!
Vay al duvağımın sahibi!
Vay alnımın başımın umudu, Beyrek Han!

diye ağladı. Babasına anasına haber geldi. Rengârenk obasına yas girdi. Ak çıkardılar, kara giydiler. Kudretli Oğuz beyleri Beyrek'ten umudu kestiler. Yalancı oğlu Yaltacık nişanı yaptı, büyük düğün için de gün belirledi.

Beyrek'in babası Bay Bora Bey de tüccarları çağırdı, yanına getirdi ve "Bre tüccarlar, gidin, diyar diyar arayın! Beyrek'in öldüğü haberini getirin, olur mu?" dedi. Tüccarlar hazırlıklarını yaptılar, gece gündüz demeden yürüdüler. Ansızın Parasar'ın Bayburt Hisarı'na geldiler. Meğer o gün kâfirlerin mübarek bir günüydü. Her biri yiyip içmekteydi. Beyrek'i de getirip kopuz çaldırırlardı. Beyrek büyük çardaktan baktı, tüccarları gördü. Bunları gördüğünde dertleşip söyleşti, bakalım efendim, ne söyledi:

Alçak ovalı yerlerden gelen tüccar!
Bey babamın, kadın anamın armağanı tüccar!
Uzun ayaklı çevik ata binen tüccar!
Sesime kulak ver, sözümü dinle tüccar!
Kudretli Oğuz içinde Ulaş oğlu Salur Kazanı,
Sorar olsam, sağ mı tüccar?
Kıyan Selçuk oğlu Deli Dündar'ı,
Sorar olsam, sağ mı tüccar?
Ak sakallı babamı, ak saçlı anamı,
Sorar olsam, sağ mı tüccar?
Göz açıp gördüğüm, gönül ile sevdiğim,
Bay Bican kızı Banu Çiçek,
Evde mi, yoksa mezarda mı tüccar?
Söyle bana,
Kara başım kurban olsun, tüccar sana!

dedi.

Tüccarlar dedi:

Sağ mısın, esen misin, efendim Bamsı?
Kıyan Selçuk oğlu Deli Dündar'ı
Sorarsan, sağdır Bamsı.
Kara Göne oğlu Kara Budak'ı
Sorarsan, sağdır Bamsı.
Yüce beyler, ak çıkardı, kara giydi,
Senin için Bamsı.
Ak sakallı babanı, ak saçlı ananı
Sorarsan, sağdır Bamsı.
Ak çıkarıp kara giydiler,
Senin için Bamsı.
Yedi kız kardeşini,
Yedi yol ayrımında,
Ağlar gördüm Bamsı,

Güz elması gibi al yanaklarını,
Yırtar gördüm Bamsı,
"Gitti, gelmez kardeş!" diye
Feryat figan eder gördüm Bamsı.
Göz açıp gördüğün,
Gönül verip sevdiğin,
Bay Bican kızı Banu Çiçek,
Nişanını yaptı,
Büyük düğününe gün belirledi,
Yalancı oğlu Yaltacuk'a,
Varır gördüm! Beyrek Han.
Parasar'ın Bayburt Hisarı'ndan
Kaçmaya bak,
Rengârenk gerdeğine
Gelmeye bak,
Gelmez isen Bay Bican kızı Banu Çiçek'i,
Elinden kaçıracaksın, iyi bil!

dedi.

Beyrek kalktı, ağlaya ağlaya kırk yiğidinin yanına geldi. Kaba sarığını götürdü, yere fırlattı, "Hey benim kırk yoldaşım, bilir misiniz neler oldu? Yalancı oğlu Yaltacuk, benim ölüm haberimi iletmiş. Babamın altın çatılı büyük çadırına yas girmiş. Kaz gibi zarif kızı, gelini ak çıkarmış, kara giymiş. Göz açıp gördüğüm, gönül verip sevdiğim Banu Çiçek, Yalancı oğlu Yaltacuk'a varırmış!" dedi. Böyle deyince kırk yiğidi kaba sarıkları götürdüler yere fırlattılar, hüngür hüngür ağlaştılar, feryat figan ettiler.

Meğer kâfir beyinin bir kızı vardı, Beyrek'e âşıktı. Her gün Beyrek'i görmeye gelirdi. O gün yine görmeye geldi. Beyrek'in üzgün olduğunu gördü ve sordu: "Niye üzgünsün, efendim yiğit? Geldiğimde seni mutlu görürdüm, gülerdin, oynardın. Şimdi ne oldu?" Beyrek, "Nasıl üzülmeyeyim. On altı yıldır babanın tutsağıyım. Babaya, anaya, kavime, kardeşe hasretim. Hem bir kara gözlü nişanlım vardı. Yalancı oğlu Yaltacuk dedikleri bir kişi gitmiş, yalan söylemiş, benim için 'Öldü.' demiş. Kız, ona varacakmış." dedi. Böyle deyince, kız, "Eğer seni hisardan aşağı urganla sarkıtırsam ve babana, anana sağ salim varırsan, buraya gelip beni helalliğe alır mısın?" dedi. Beyrek ant içti, "Eğer Oğuz'a sağ salim varırsam, gelip seni helalliğe almazsam, kılıcımla doğranayım, okumla saplanayım, yer gibi yarılayım, toprak gibi savrulayım." dedi. Kız da urgan getirip Beyrek'i hisardan aşağı sarkıttı. Beyrek aşağı baktı, kendisini yerde bulup Allah'a şükretti, yola düştü. Biraz yürüyünce kâfirin at sürüsüne denk geldi. "Bir at bulursam, tutup bineyim." dedi. Kendisinin boz erkek tayının burada otlayıp durduğunu gördü. Boz aygır da Beyrek'i görüp tanıdı. İki ayağının üzerine şaha kalktı, kişnedi. Beyrek de burada boz aygırı övmüş, görelim efendim, nasıl övmüş:

Açık açık meydana benzer
Senin alıncığın,
İki gece kandiline benzer
Senin gözceğizin,
İpeğe benzer
Senin yeleciğin,
İki ikiz kardeşe benzer
Senin kulakçığın,
Eri muradına erdirir
Senin sırtın!
At demem sana,
Kardeş derim, hatta kardeşimden yeğ!
Başıma iş geldi,
Yoldaş derim, hatta yoldaşımdan yeğ!

dedi. At başını yukarı tuttu, bir kulağını kaldırdı, Beyrek'e doğru geldi. Beyrek, atın göğsünü kucakladı, iki gözünden öptü. Sıçrayıp bindi. Hisarın kapısına geldi. Otuz dokuz yoldaşını ısmarlayıp kâfire söyledi.

Bakalım efendim, ne söyledi:

Bre bozuk dinli kâfir,
Benim ağzıma sövüp dururdun, dayanamadım.
Kara domuz etinden yahni yedirirdin, katlanamadım,
Tanrı bana yol verdi, gider oldum, bre kâfir!
Otuz dokuz yiğidimi sana emanet veririm, bre kâfir!
Birini eksik bulursam, yerine on öldürürüm,
Onunu eksik bulursam yerine yüz öldürürüm, bre kâfir!
Otuz dokuz yiğidimi sana emanet veririm, bre kâfir!

dedi ve alıp yürüdü. Kırk nefer kâfir atlanıp ardına düştüler. Kovaladılar, yetişemeyip döndüler. Beyrek Oğuz diyarına geldi. Bir ozanın gittiğini gördü. Beyrek sordu: "Bre ozan nereye gidersin?" Ozan, "Yiğit bey, düğüne giderim," dedi. Beyrek sordu, "Düğün kimin?" Ozan, "Yalancı oğlu Yaltacuk'un," dedi. Beyrek, "Bre kimin nesini alır?" dedi. Ozan, "Beyrek'in sözlüsü Banu Çiçek'i alır." dedi. Beyrek, "Bre ozan, kopuzunu bana ver, atımı sana vereyim, sakla. Geri geleyim, parasını getirip alayım." dedi. Ozan dedi: "Sesim kısılmadan, zahmet çekmeden bir at geçti elime. Götürüp saklayayım."

Ozan kopuzu Beyrek'e verdi. Beyrek kopuzu aldı. Babasının obasının yakınlarına geldi. Birkaç çobanın yolun kıyısını tuttuklarını, hem ağlayıp hem durmadan taş yığdıklarını gördü. Beyrek, "Bre çobanlar, bir insan yolda taş bulsa, kenara koyar. Siz bu taşları bu yola niçin yığarsınız?" diye sordu. Çobanlar, "Bre sen seni bilirsin, bizim halimizden haberin yok." dediler. Beyrek, "Bre haliniz nedir?" dedi. Çobanlar, "Beyimizin bir oğlu vardı, on altı yıl oldu, ölü mü, diri mi kimse bilmez. Yüzü gülmeyesice, murada ermeyesice, Yalancı oğlu Yaltacık derler, öldüğü haberini getirdi, Beyrek'in sözlüsünü ona verdiler. Gelip buradan geçerse, vuralım, ona varmasın, kendine münasip birine varsın diye bu taşları yığarız." dediler. Beyrek dedi: "Bre yüzünüz ak olsun, ağanızın ekmeği size helal olsun!"

Oradan babasının obasına geldi. Evlerinin önünde bir büyük ağaç vardı. O ağaç dibinde bir güzel pınar vardı. Beyrek, küçük kız kardeşinin pınardan su almaya geldiğini gördü. "Kardeş Beyrek! Toyun, düğünün kara oldu!" diye ağlayıp sızlıyordu. Beyrek pek mahzun oldu. Dayanamadı, gözünün yaşı su gibi aktı. Beyrek burada feryat figan ederek söyledi, bakalım efendim, ne söyledi:

Bre kız, ne ağlarsın,
Ne sızlarsın, 'Ağabey!' diye,
Yandı bağrım, yakıldı içim!
Meğer senin ağan yok mu olmuştur,
Yüreğine kaynar yağlar mı dökülmüştür,
Kara bağrın mı sarsılmıştır,
'Ağabeyim!' diye ne ağlarsın, ne sızlarsın?
Yandı bağrım, yakıldı içim!
Karşıda duran Kara Dağ'ı
Sorar olsam yayla kimin?
Soğuk soğuk sularını
Sorar olsam çeşme kimin?
Sürü sürü çevik atları
Sorar olsam binek kimin?
Katar katar develerini
Sorar olsam yük hayvanı kimin?
Karalı mavili çadırı
Sorar olsam gölge kimin?
Ey kız kişi,
Doğru bir haber ver bana!
Kara başım kurban olsun
Bugün sana!

dedi. Kız,

Çalma ozan, deme ozan!

Ben yaslı kızın, nesine gerek ozan?
Karşıda duran Kara Dağ'ı
Sorar olsan ağabeyim Beyrek'in yaylasıydı.
Ağam Beyrek gideli yaylaya çıktığım yok!
Soğuk soğuk suları
Sorar olsan ağabeyim Beyrek'in çeşmesiydi,
Agabeyim Beyrek gideli içtiğim yok.
Sürü sürü çevik atlarını
Sorar olsan, ağabeyim Beyrek'in bineğiydi,
Ağam Beyrek gideli bindiğim yok!
Katar katar develeri
Sorar olsan, ağabeyim Beyrek'in yük hayvanıydı,
Ağam Beyrek gideli yüklediğim yok.
Ağıllarda akça koyunu
Sorar olsan ağabeyim Beyrek'in şöleniydi.
Ağabeyim Beyrek gideli şölenim yok!
Karalı mavili çadırı
Sorar olsan ağabeyim Beyrek'indir,
Ağam Beyrek gideli göçtüğüm yok!

dedi. Kız yine,

Bre ozan, karşıda duran Kara Dağ'dan aşıp
Geldiğinde, geçtiğinde,
Beyrek adlı bir yiğide rastlamadın mı?
Taşkın taşkın suları aşıp
Geldiğinde, geçtiğinde,
Beyrek adlı bir yiğide rastlamadın mı?
Yüce adlı şehirlerden
Geldiğinde, geçtiğinde,
Beyrek adlı bir yiğide rastlamadın mı?
Bre ozan, gördünse de bana,
Kara başım kurban olsun, ozan sana!

dedi. Burada kız yine,

Karşıda duran Kara Dağ'ım yıkılmıştır,

Ozan senin haberin yok.
Gölgesi geniş koca ağacım kesilmiştir,
Ozan senin haberin yok.
Dünyalıkta bir kardeşim esir alınmıştır,
Ozan senin haberin yok.
Çalma ozan, deme ozan!
Yaslı ben kızın nesine gerek, ozan?
İlerinde düğün var, düğüne gidip söyle!

dedi.

Beyrek buradan ayrıldı. Büyük kız kardeşlerinin yanına geldi. Kız kardeşlerinin karalı mavili çadırda bir arada oturduklarını gördü. Beyrek seslenip, söyler, görelim efendim, ne söyler:

Sabah erkenden yerinden kalkan kızlar,
Ak çadırı bırakıp kara çadıra giren kızlar,
Ak çıkarıp kara giyen kızlar,
Peynir gibi katılaşan yoğurttan ne var?
Kara sac altında çörekten ne var?
Yemek örtüsü içinde ekmekten ne var?
Üç günlük yoldan geldim,
Doyurun beni,
Üç güne varmasın,
Allah sevindirsin sizi!

dedi.

Kızlar gidip yemek getirdiler. Beyrek'in karnını doyurdular. Beyrek, "Ağanızın başının gözünün sadakası olsun, eski bir kaftanınız varsa giyeyim, düğüne gideyim. Düğünde bana kaftan verirler, gelip kaftanınızı geri veririm." dedi. Gittiler, Beyrek'in kaftanı varmış, ona verdiler. Alıp giydi. Boyu boyuna, beli beline, kolu koluna olup yakıştı. Büyük kız kardeşi onu Beyrek'e benzetti. Kara çekik gözleri, kanla yaşla doldu. Burada kız kardeşi söylemiş. Görelim efendim, ne söylemiş:

Kara çekik gözlerinin feri sönmemiş olsaydı,
Ağabeyim Beyrek derdim, ozan sana!
Yüzünü kara saç örtmemiş olsaydı,
Ağabeyim Beyrek derdim, ozan sana,
Bileklerin zayıf olmasaydı
Ağabeyim Beyrek deseydim, ozan sana!
Sallana sallana yürüyüşünden,
Aslan gibi duruşundan,
Arkaya dönüp bakışından,
Ağam Beyrek'e benzetirim, ozan seni.
Sevindirdin, yerindirme ozan beni!

Kız bir daha söylemiş:

Bir zaman söyleme ozan!
Ağam Beyrek gideli bize ozan geldiği yok.
Üstümüzden kaftanımızı aldığı yok.
Başımızdan örtümüzü aldığı yok,
Boynuzu kıvrık koçlarımızı aldığı yok.

Beyrek, "Gördün mü? Kızlar bu kaftanla beni tanıdılar. Kudretli Oğuz beyleri de tanırlar." dedi. "Bakayım, Oğuz'da benim dostum, düşmanım kimdir." deyip kaftanı çıkardı, götürüp kızların üstüne attı, "Ne sen, ne Beyrek olsun! Bir eski kaftan verdiniz, benim başımı, beynimi aldınız" diye cevap verdi. Bir eski deve çuvalı buldu, delip boynuna geçirdi, kendisini deli gibi gösterdi.

Atını sürüp düğüne geldi. Baktı, düğünde damat ok atar. Kara Göne oğlu Budak, Kazan Bey'in oğlu Uruz, beyler başı Yeğenek, Gaflet Koca oğlu Şer Şemseddin ve kızın kardeşi Deli Karçar birlikte ok atarlardı. Beyrek, ne zaman Kara Budak ok atsa, "Elin var olsun." derdi. Uruz atsa "Elin var olsun." derdi. Fakat damat ne zaman ok atsa "Hey domuz oğlu domuz! Damatlara kurban ol!" derdi. Yalancı oğlu Yaltacuk'un öfkesi tuttu. "Bre aptal oğlu deli aptal, bana bunun gibi söz söylemek sana düşer mi? Gel bre aptal, benim yayımı çek. Yoksa şimdi boynunu vururum." dedi. Böyle deyince, Beyrek, yayı alıp çekti. Yay, kabzasından iki parçaya bölündü. Yaltacuk'a götürüp önüne attı. "Otsuz yerde serçe vurmak için güzel." dedi. Yalancı oğlu Yaltacuk yayın paramparça olduğunu gördü, çok kızdı, "Bre Beyrek'in yayı var, onu getirin." dedi. Gidip getirdiler. Beyrek, yayı görünce yoldaşlarını hatırlayıp ağladı,

Berbat halde girdiğim domuz kümesi,
Bir gün dönmek üzere geride bıraktığım düşman yurdu,
Elimde fil dişi yayım,
Safkan aygır verip aldığım
Ak kabzalı sert yayım,
Boğa verip aldığım
Sert boğma kirişim,
Dertli yerde koydum, geldim,
Otuz dokuz yoldaşımı, iki tüccarımı!

dedi.

Ondan sonra Beyrek, "Beyler, sizin aşkınıza yayı çekeyim, oku atayım." dedi. Meğer damadın yüzüğüne nişan alırdı. Beyrek okla yüzüğü vurup parçaladı. Oğuz beyleri bunu görünce el ele vurup gülüştüler. Kazan Bey bakıp seyrederdi. Adam gönderip Beyrek'i çağırdı. Deli ozan geldi, başını eğdi, elini göğsüne basarak selam verdi. Beyrek,

Sabahın erken vakti sapa yerde dikilen ak çadırın sahibi,
Mavi ipekten yapılmış gölgeliğin sahibi,
Sürü sürü at içinde çevik atlı,
Yardım istendiğinde hizmetkârıyla hazır olan;
Yağ yapıldığında kısmeti bol olan,
Darda kalmış yiğitlerin dayanağı,
Yoksulun kimsesizin umudu,
Bayındır Han'ın damadı,
Kartal yavrusu,

Türkistan'ın direği,
Dicle suyunun aslanı,
Karacık'ın kaplanı,
Koyu kızıl atın sahibi,
Han Uruz'un babası,
Efendim Kazan!
Sesime kulak ver, sözümü dinle,
Sabah erkenden yerinden kalkmışsın,
Ak ormana girmişsin,
Ak kavağın budağından
Sallanarak geçmişsin,
Can yaycığını eğmişsin,
Otağcağızını kurmuşsun,
Adını gerdek koymuşsun,
Sağda oturan sağ beyler,
Sol kolda oturan sol beyler,
Eşikteki güvenilir kişiler,
Dipte oturan has beyler,
Kutlu olsun, bahtınız açık olsun!

dedi.

Böyle deyince Kazan Bey, "Bre deli ozan, benden ne istersin? Gölgelikli otağ mı istersin, kul, cariye mi istersin, altın, akçe mi istersin, vereyim." dedi. Beyrek dedi: "Sultanım, beni bıraksan da şölen yemeğinin yanına gitsem, karnım açtır, doyursam." dedi. Kazan, "Deli ozan ayağına gelen fırsatı tepti. Beyler bugünkü beyliğim onun olsun. Bırakın, nereye giderse gitsin, ne yaparsa yapsın." dedi. Beyrek, şölen yemeğine geldi, karnını doyurduktan sonra yürüdü, kazanları vurdu, döktü. Çevirdi, yahninin kimini sağa, kimini sola atıp "Sağdan gideni sağ taraftakiler alır, soldan gideni sol taraftakiler alır. Haklıya hakkı layık, haksız yüz karalığıyla yaşasın." dedi.

Kazan Bey'e haber geldi, "Sultanım, deli ozan yemeği hep döktü. Şimdi kızların yanına gitmek ister." dediler. Kazan, "Bre bırakın, kızların yanına da gitsin." dedi.

Beyrek kalktı, kızların yanına gitti. Davulcuları, zurnacıları kovdu. Kimini dövdü, kiminin başını yardı. Kızların oturduğu çadıra geldi. Eşiği geçti, oturdu. Kazan Bey'in hatunu Boyu Uzun Borla Hatun kızdı, "Bre aptal oğlu deli aptal, izinsiz benim yanıma nasıl gelirsin?" dedi. Beyrek, "Efendim, Kazan Bey'den bana emir geldi, bana kimse karışamaz." dedi. Borla Hatun, "Bre madem ki Kazan Bey'den emir gelmiş, bırakın otursun." dedi. Yine döndü Beyrek'e sordu: "Bre deli ozan, dileğin ne?" Beyrek, "Efendim, dileğim şudur ki, ere varan kız kalkıp oynasın, ben kopuz çalayım." dedi. Kısırca Yenge dedikleri bir hatun vardı, ona dediler: "Bre Kısırca Yenge, kalk sen oyna. Deli ozan nereden bilecek?" Kısırca Yenge ayağa kalktı, "Bre deli ozan, ere varan kız benim." deyip oynamaya başladı.

Beyrek kopuz çalıp söyledi, görelim efendim, ne söyledi:

Ant içmişim, kısır kısrağa bindiğim yok,
Binip de yatmaya gittiğim yok,
Çadırınızın ardında kervancılar sana bakar, ağlar,
Boncuk boncuk gözlerinin yaşı akar,
Sen onların yanına git,
Muradını senin onlar verir, iyi bil!
Seninle benim işim yok,
Ere varan kız kalksın,
Kollarını açıp oynasın!
Ben kopuz çalayım!

dedi.

Kısırca Yenge, "Vay, vay, zavallı deli beni görmüş gibi söyler." dedi. Gitti, yerine oturdu.

Boğazca Fatma dedikleri bir hatun vardı, ona, "Kalk, sen oyna!" dediler. Kızın kaftanını giydi, "Çal, bre deli ozan, ere varan kız benim, oynayayım." dedi. Deli ozan,

Ant içeyim, bu kez gebe kısrağa bindiğim yok,
Binip yatmaya gittiğim yok,
Evinizin ardı derecik değil miydi?
Köpeğinizin adı Barak değil miydi?
Senin adın kırk oynaşlı Boğazca Fatma değil miydi?
Daha çok ayıbını açarım, iyi bil!

dedi. "Seninle benim oyunum yok. Git yerine otur, ere varan yerinden kalksın. Ben kopuz çalayım, Kollarını kaldırıp oynasın." dedi. Böyle deyince Boğazca Fatma dedi: "Vay, boğmaca çıkarasıca deli ozan! Bütün ayıbımızı başımıza kaktı. Kalk kız, oynarsan oyna, oynamazsan cehennemde kayna! Beyrek'ten sonra başına bu işlerin geleceğini bilirdin." dedi. Borla Hatun, "Kız, kalk oyna, elinden ne gelir?" dedi. Banu Çiçek, kırmızı kaftanını giydi, yüzük gözükmesin diye ellerini sakladı. Oyuna girdi, "Bre çal!" dedi.

Deli ozan çaldı ve dedi:

Ben bu yerden gideli deli olmuşsun deli;
Çok akça karlar yağmış, dize çıkmış,
Han kızının evinde köle, cariye tükenmiş,
Maşraba almış, suya gitmiş,
Bileğinden on parmağını soğuk almış;
Kızıl altın getirin, han kızının tırnaklarını kesin;
Ayıplıca han kızı, ere varmak ayıp oldu.

dedi.

Banu Çiçek bunu işitince kızdı, "Bre deli ozan, bir ayıbım mı var ki bana ayıplı dersin?" dedi. Gümüş gibi ak bileğini açtı, elini çıkardı. Beyrek'in geçirdiği altın yüzük göründü. Beyrek yüzüğü tanıdı.

Burada söylemiş, bakalım efendim, ne söylemiş?

Beyrek gideli Bam Bam tepe başına çıktın mı kız?
Yol gözleyip dört yanına baktın mı kız?

Kargı gibi kara saçını yoldun mu kız?
Kara gözden acı yaş döktün mü kız?
Güz elması gibi al yanağını yırttın mı kız?
Sen ere varırsın, altın yüzük benimdir, ver bana kız!

dedi.

Kız dedi:

Beyrek gideli Bam Bam tepe başına çıktığım çok,
Kargı gibi kara saçımı yolduğum çok,
Güz elması gibi al yanağımı yırttığım çok,
Gelenle gidenden sorduğum çok,
Kara gözden acı yaşımı döktüğüm çok,
Gitti, gelmez, yiğit beyim, yiğit hanım Beyrek diye
Ağladığım çok.
Seviştiğim Bamsı Beyrek sen değilsin,
Altın yüzük senin değildir,
Altın yüzükte çok işaret vardır,
Altın yüzüğü istersen nişanını söyle!

dedi.

Beyrek,

Sabah erkenden, han kızı, yerimden kalkmadım mı?
Boz aygırın beline binmedim mi?
Senin çadırının yanına bir alageyik devirmedim mi?
Sen beni yanına çağırmadın mı?
Seninle meydanda at koşturmadık mı?
Senin atını benim atım geçmedi mi?
Ok attığımızda ben senin okunu yarmadım mı?
Güreştiğimizde ben seni yenmedim mi?
Üç öpüp bir ısırıp,
Altın yüzüğü parmağına geçirmedim mi?
Seviştiğin Bamsı Beyrek ben değil miyim?

dedi.

Böyle deyince kız tanıdı, bildi ki Beyrek'tir. Cübbesiyle, cepkeniyle Beyrek'in ayağına kapandı. Dadılar Beyrek'e kaftan getirip donattılar. Kız hemen sıçrayıp ata bindi. Beyrek'in babasına, anasına müjde vermeye atını dört nala koşarak, gitti.

Kız dedi:

Kıvrım kıvrım Kara Dağ'ın yıkılmıştı, yüceldi sonunda,
Coşkun suların kurumuştu,
Coştu sonunda,
Koca ağacın kurumuştu,
Yeşerdi sonunda,
Çevik atın ihtiyarlamıştı,
Tay verdi sonunda,
Kızıl develerin ihtiyarlamıştı,
Yavru verdi sonunda,
Ak koyunun ihtiyarlamıştı,
Kuzu verdi sonunda,
On altı yıllık hasretin, oğlun Beyrek geldi sonunda,
Kayınbaba, kayınvalide, müjde için bana ne verirsiniz?

dedi.

Beyrek Han'in babası, anası,

Dilin için öleyim gelinciğim,
Yoluna kurban olayım, gelinciğim!
Yalan ise bu sözlerin,
Gerçek olsun, gelinciğim!
Beyrek sağ salim çıkıp gelse,
Karşıda duran Kara Dağlar,
Sana yayla olsun!
Soğuk soğuk suları,
Sana çeşme olsun!
Kulum, cariyem,
Sana köle olsun!
Çevik atlarım,
Sana binek olsun!

Katar katar develerim,
Sana yük hayvanı olsun!
Ağıllarda akça koyunum,
Sana şölen olsun!
Altın akçem,
Sana harçlık olsun!
Altın çatılı büyük çadırım,
Sana gölge olsun!
Kara başım kurban olsun sana gelinciğim!

dedi.

Bu arada beyler Beyrek'i babasına götürdüler. Kazan Bey dedi: "Müjde, Bay Bora Bey, oğlun geldi!" dedi. Bay Bora Bey dedi: "Serçe parmağını kanatsın, kanını mendile sürsün gözüme süreyim. Gözlerim açılacak olursa oğlum Beyrek olduğunu ondan bileyim."

Çünkü ağlamaktan gözleri görmez olmuştu. Mendille gözlerini silince Allah Teâlâ'nın kudretiyle gözü açıldı. Babası, anası atıldılar, Beyrek'in ayağına kapandılar,

Oğul, altın çatılı büyük çadırımızın direği oğul!
Kaza benzer kızımın, gelinimin çiçeği oğul!
Gören gözlerimin aydını oğul!
Tutan belimin kuvveti oğul!
Kudretli Oğuz'un imrendiği canım oğul!

deyip çok ağladı. Allah'a şükürler etti.

Yalancı oğlu Yaltacık bunu duydu. Beyrek'in korkusundan kaçıp kendini Dana Sazı'na attı. Beyrek ardına düştü, kovalaya kovalaya saza düşürdü. Beyrek, "Bre ateş getirin!" dedi. Getirdiler, sazı ateşe verdiler. Yaltacuk baktı ki yanıyor, sazdan çıktı, Beyrek'in ayağına kapandı. Kılıcı altından geçti. Beyrek de suçunu affetti.

Kazan Bey, Beyrek'e, "Gel muradına er." dedi. Beyrek, "Yoldaşlarımı hisardan çıkarmadan, hisarı almadan muradıma ermem." dedi. Kazan Bey: "Beyrek uğruna beni sevenler ata binsin," dedi. Kudretli Oğuz beyleri atlandılar. Bayburt Hisarı'na dört nala koştular. Kâfirler de bunları karşıladı. Kudretli Oğuz beyleri temiz su ile abdest aldılar, ak alınlarını yere koydular, iki rekât namaz kıldılar. Adı güzel Muhammed'e salavat getirdiler. Gümbür gümbür davullar çalındı. Bir kıyamet gibi savaş oldu, meydan başlarla doldu. Kazan Bey, Kral Şökli'yi bağırtıp attan yere düşürdü. Deli Dündar, Kara Tekür'ü kılıçladı, yere düşürdü. Kara Budak, melik Kara Aslan'ı yere düşürdü. Derelerde kâfire kırgın girdi. Yedi kâfir beyi kılıçtan geçti.

Beyrek, Yeğenek, Kazan Bey, Kara Budak, Deli Dündar, Kazan oğlu Uruz Bey, bunların hepsi hisara yürüdüler. Beyrek otuz dokuz yiğidinin yanına geldi. Onları sağ salim buldu. Allah'a şükretti. Kâfirin kiliselerini yıktılar, yerine mescit yaptılar. Keşişlerini öldürdüler; ezan okuttular, yüce Tanrı'nın adına hutbe okuttular.

Kuşun alıcı olanını, kumaşın iyisini, kızın güzelini, dokuz kat sırmalı kaftanı ganimetin beşte birlik hakkı olarak Hanlar Hanı Bayındır'a sundular.

Bay Bora Bey'in oğlancığı Beyrek Bey, Bican Han'ın kızını aldı. Ulu ak evine, ak çadırına geri dönüp düğüne başladı. Bu kırk yiğidin birkaçına Kazan Han, birkaçına Bayındır Han kızlar verdiler. Beyrek de yedi kız kardeşini yedi yiğide verdi. Kırk yerde çadır kurdu. Otuz dokuz kız, talihli talihine birer ok attı. Otuz dokuz yiğit okunun ardına gitti. Kırk gün kırk gece toy, düğün yaptılar. Beyrek ve yiğitleri muratlarına erdiler.

Dedem Korkut geldi, saz çalıp söyledi, hadiseyi anlatıp, şiirler düzdü. Gazi erenlerin başına ne geldiğini söyledi. "Bu Oğuzname Beyrek'in olsun!" dedi.

Bir dua edip kutlayalım, efendim:

Kara Dağların yıkılmasın!
Gölge veren ulu ağacın kesilmesin!
Ak sakallı babanın yeri cennet olsun!
Ak saçlı ananın mekânı cennet olsun!
Oğul ile kardeşten ayırmasın!
Son vaktinde halis imandan,
Amin diyenler Tanrı'nın cemaline mazhar olsun!
Bir araya getirsin, gayret versin!
Günahlarınızı adı güzel Muhammed Mustafa,
Yüzü suyu hürmetine bağışlasın,
Ey efendim!

Kazan Bey'in Oğlu Uruz Bey'in Esir Düştüğünün Hikâyesi

Efendim,

Bir gün Ulaş oğlu Kazan Bey kalkıp çadırlarını yeryüzüne kurdurdu, renkli gölgeliği gökyüzüne açtırdı, bin yeri ipek halılarla döşetti. Doksan bin genç, Oğuz sohbetinde toplanmıştı. Ağzı büyük toprak şarap kapları ortalığa dağıtılmıştı. Dokuz yere kazanlar konulmuştu. Altın ayaklı sürahiler dizilmişti. Dokuz kara gözlü, örme saçlı, elleri bileklerine kadar kınalı, zarif parmaklı, boyunları birer karış kâfir kızları, kırmızı şarabı altın kadehlerle Oğuz beylerine içki sunmaktaydı. Ulaş oğlu Salur Kazan, kızların her birinin elinden içmişti. Altın sırmalı kumaşlar, çadır odalar, katar katar develer bağışlardı.

Bir gün Kazan Bey, oğlu Uruz'un karşısında yaya dayanıp ayakta durmuştu. Sağ yanında Kazan'ın kardeşi Kara Göne, sol yanında ise dayısı Aruz otururdu. Kazan Bey sağına bakıp kahkahayla güldü. Soluna baktığında da çok sevindi. Karşısına baktı, oğlancığı Uruz'u gördü. Elini eline vurup ağladı. Bu, Kazan Bey'in oğlu Uruz'un hoşuna gitmedi. İleri gelip diz çöktü. Babasına seslenip söyledi, bakalım efendim, ne söyledi:

Sesime kulak ver, sözümü dinle beyim Kazan!
Sağına baktın, kahkahayla güldün,
Soluna baktın, çok sevindin;
Karşına baktın, ben Uruz'u görüp ağladın!
Sebebi nedir, söyle bana,
Kara başım kurban olsun, babam sana!

dedi.

Söylemezsen, yerimden kalkıp ben giderim,
Kara gözlü yiğitlerimi yanıma alırım,
Abhaz Han'ın diyarına ben giderim,
Altın haça elimi ben basarım,
Cübbe giyen keşişin elini ben öperim,
Kara gözlü kâfir kızını ben alırım,
Artık senin karşına da ben gelmem,
Ağlamana sebep nedir, söyle bana,
Kara başım kurban olsun, beyim sana!

dedi. Kazan Bey renkten renge girdi, oğlunun yüzüne baktı. Seslenip söylemiş, bakalım efendim, ne söylemiş:

Beri gel, kulunum oğul!
Sağıma dönüp baktığımda kardeşim Kara Göne'yi gördüm,
Baş kesmiştir, kan dökmüştür, ganimet almıştır, nam kazanmıştır!
Soluma dönüp baktığımda, dayım Aruz'u gördüm.
Baş kesmiştir, kan dökmüştür, ganimet almıştır, ad kazanmıştır!
Karşıma dönüp baktığımda, seni gördüm.
On altı yaşına geldin;
Yay çekmedin, ok atmadın, baş kesmedin,
Kan dökmedin, heybetli Oğuz içinde ganimet almadın!
Yarın bir gün zaman geçip, ben ölüp sen kaldığında,
Tacımı, tahtımı sana vermezler diye,
Sonumu düşünüp ağladım, oğul!

dedi. Uruz burada söylemiş bakalım efendim, ne söylemiş:

Bey baba, deve kadar büyümüşsün;
Deve yavrusu kadar aklın yok.
Tepe kadar büyümüşsün;
Darı kadar beynin yok!
Oğul hüneri babadan mı görüp öğrenir?
Yoksa babalar, oğuldan mı öğrenir?

"Ne zaman sen beni alıp kâfir sınırına götürüp kılıç vurarak baş kestin? Ben senden ne gördüm ki ne öğreneyim?" dedi. Kazan Bey elini eline vurup kahkahayla gülüp:

"A beyler, Uruz güzel söyledi, şeker yedi. Beyler, siz yiyip içiniz, sohbetinizi dağıtmayınız. Ben bu oğlanı alıp ava gideyim. Yedi günlük yollukla çıkayım. Ok attığım, kılıç vurup baş kestiğim yerleri oğluma göstereyim. Kâfir sınırına, Cızığlar'a, Ağlağan'a, Gökçe Dağ'a çıkayım. Sonra oğlana lazım olur, değil mi beyler?" dedi. Koyu kızıl atını çekti, atlayıp bindi. Üç yüzü mücevherlerle süslenmiş kıyafetli yiğidini seçip yanına gözlü yiğidi de Uruz'a aldı. Kazan, oğlunu alıp kara dağlara ava çıktı. Av avladı, kuş kuşladı, yabani geyik vurdu. Yeşil alana, güzel çimene çadır kurdu. Birkaç gün beylerle yiyip içti.

Meğer burada kâfirin, Başı Açık Tatyan Kalesi ve Aksaka Kalesi'nden casusları vardı. Casuslar bunları görüp teküre geldi, "Kalk, ne oturursun? Köpeğini ulutmayan, kedisini miyavlatmayan, alpler başı Kazan, oğlancığıyla sarhoş olmuş yatar," dedi. On altı bin kara elbiseli kâfir, atlarına bindi. Kazan Bey'in üzerine atlarını dört nala sürüp geldiler. Baktılar, gördüler, altı bölük toz bulutu indi. Kimi geyik tozudur der, kimi düşman tozudur der. Kazan, "Geyik tozu olsa bir ya da iki bölük olurdu. Bilmiş olun, bu gelen düşmandır." dedi. Toz bulutu gitti, gün gibi ışıldadı, deniz gibi çalkalandı; meşe gibi karardı. On altı bin ip üzengili, keçe külahlı, azgın dinli, kızgın dilli kâfir çıkageldi. Kazan koyu kızıl atını çekti, sırtına bindi.

Oğlu Uruz dizginini çekti, Arap atını oynattı. Karşıdan geldi:

Beri gel, beyim Kazan,
Deniz gibi kararıp gelen nedir?
Ateş gibi ışıldayıp, yıldız gibi parlayıp gelen nedir?
Ağzından dilinden beş kelime haber ver bana,
Kara başım kurban olsun, babam sana!

deyince Kazan:

Beri gel, aslanım oğul!
Kara Deniz gibi dalgalanıp gelen,
Kâfirin askeridir.
Güneş gibi ışıldayıp gelen,
Kâfirin başındaki miğferidir;
Yıldız gibi parlayıp gelen
Kâfirin mızrağıdır;
Azgın dinli, düşman kâfirdir, oğul.

dedi.

Oğlan: "Düşman diye kime denir baba?" dedi. Kazan: "Oğul biz onlara yetişsek öldürürüz; onlar bize yetişse öldürürler. Bu kimselere düşman derler," dedi. Uruz: "Baba, cenk içinde yiğitleri beyleri öldürseler kan sorarlar mı? Hesap sorarlar mı?" dedi. Kazan: "Oğul, bin kâfir öldürsen kimse senden kan hesabı sormaz, ama azgın dinli kâfirdir. Güzel yerde rastladı, ama sen bana kötü yerde ayak bağı oldun," dedi. Böyle deyince Uruz burada söylemiş bakalım efendim, ne söylemiş:

Beri gel, beyim Kazan!
Kalkıp yerimden Arap atımı
Saklardım bugün için,
Günü geldi,
Ak meydanda koşturayım senin için!

Alaca ejder sivri mızrağımı saklardım bugün için,
Günü geldi,
Kaba karın, geniş göğüste oynatayım senin için!
Kara çelik has kılıcımı,
Saklardım bugün için,
Günü geldi,
Bozuk dinli kâfir başını kestireyim senin için!
Sırtı pek, demir zırhımı,
Saklardım bugün için,
Günü geldi,
Kollar, yakalar diktireyim senin için!
Başımda sağlam miğferler
Saklardım bugün için,
Günü geldi,
Sağlam çomak altında ezdireyim senin için!
Kırk yiğidimi
Saklardım bugün için.
Günü geldi,
Kâfir başını kestireyim senin için!
Aslan adımı
Saklardım senin için,
Günü geldi,
Yakalarına yapışıp kâfirle uğraşayım senin için!
Ağzından dilinden birkaç kelime haber ver bana,
Kara başım kurban olsun, beyim sana!

dedi.

Kazan burada söylemiş, bakalım efendim, ne söylemiş:

Oğul, oğul, ay oğul!
Benim sesime kulak ver, sözümü dinle!
O kâfirin, oklarından üçünü atıp birini bile şaşırmayan okçusu vardır;
Gık demeden başlar keser, onların celladı vardır;
İnsan etinden yahni yapan, onun aşçısı vardır;
Senin gideceğin kâfir değil!
Kalkıp yerimden ben harekete geçeyim,
Koyu kızıl atımın beline ben bineyim,

Gelen kâfir benimdir, ben gideyim,
Kara çelik has kılıcımı vurayım,
Azgın dinli kâfirdir, başlarını keseyim,
Döne döne savaşayım,
Döne döne çekişeyim, dövüşeyim.
Kılıç vurup baş kestiğimi görüp öğren!
Kara başına bela geldiğinde lazım olur.

dedi.

Uruz burada söylemiş, bakalım efendim, ne söylemiş:

A bey baba, duyarım,
Ama Arafat'ta erkek kuzu kurban için;
Baba oğul kazanır, ad için;
Oğul da kılıç kuşanır babasının gayreti için,
Benim de başım kurban olsun senin için!

dedi.

Kazan burada söylemiş, bakalım efendim, ne söylemiş?

Oğul, oğul, ay oğul!
Düşmana girip baş kesmedin,
Adam öldürüp kan dökmedin.
Ela gözlü kırk yiğidini yanına al,
Göğsü güzel koca dağlar başına çık,
Benim savaştığımı, benim dövüştüğümü,
Benim çekiştiğimi, benim kılıç salladığımı,
Gör, öğren, hem de bizim için pusuya yat!

dedi.

Uruz babasının sözünü kırmadı. Babasını dinleyip geri döndü. Yoldaşlarını aldı, yerden yüce dağlar başına çıktı. O zamanlar oğullar babasının sözünü iki etmeyip dinlerdi. Oğul, baba sözünü iki etse, o oğulu kabul etmezlerdi. Uruz Bey süngüsünü geniş tarafından yere saplayıp durdu.

Kazan Bey kâfirin çok yaklaştığını gördü. Atından inip temiz sudan abdest aldı. Ak alnını yere koydu, iki rekât namaz kıldı. Adı güzel Muhammed'e salavat getirdi. Sonra bozuk dinli kâfire gözünü kararttı, haykırdı; at sürdü, karşısına ulaşıp kılıç vurdu. Davullar gümbür gümbür çalındı; burması altın, tunç savaş boruları çalındı. O gün kahraman cesur yiğitler döne döne savaştı. O gün kendi kara çelikten has kılıçlarını vurdular. Kargı dalı mızraklar, kayından oklar atıldı. Ala ejder sivri mızraklar tokuşturuldu. O gün namertler, korkaklar saklanacak yer aradılar. O gün Kazan oğlu Uruz'un baka baka savaşmaya aşkı geldi.

Beri gelin, kırk yoldaşım.
Kırkınıza kurban olsun benim başım!

"Görür müsünüz, ağam Kazan, baş kesip kan döktü. Oğlan-uşak yemek yiyerek yiğit olmaz" dedi. "Babam bu kâfirlere merhamet etmiş gibi. Beni seven yiğitlerim, ne duruyorsunuz? Kâfirin bir yanına at sürelim," dedi.

Uruz, kâfirin sağına at sürdü. Kâfiri sağlı sollu iyice dağıttı. Sanırsın ki dar yerlere dolu düştü, ya da kara kazın içine şahin girdi. Kâfirin bir yanını yenip dağıttı. Azgın dinli kâfir bunalıp ok atmaya başladı. Kovalananlar oğlanın Arap atına ok atıp vurdular. At yıkıldı. Kâfirler Uruz'un üzerine hücum etti. Uruz'un kırk yiğidi attan indi; renkli kalkanların bağlarını kısa düğümlediler; kılıçlarını çektiler. Kazan oğlu Uruz uğruna çok savaştılar. Kalabalık korkutur, derin olsa batırır; yayanın umudu olmaz. Uruz'un sağını solunu sardılar; kırk yiğidini şehit ettiler. Oğlanın üzerine düştüler; güçsüz düşürüp tuttular; ak ellerini bağladılar; kıl urganı ak boynuna taktılar. Yüzü üzerine düşürerek sürdüler. Ak etinden kan çıkıncaya dek dövdüler, "Baba!" diye ağlattılar. "Ana!" diye sızlattılar. Eli bağlı, boynu bağlı, yüzü üzerine düşürüp aldılar, yürüyüverdiler. Uruz tutsak oldu.

Kazan'ın bunlardan haberi yoktu. Düşmanın yenildiğini sandı. Atının dizginini çevirdi, geri dönüp geldi. Oğlunu bıraktığı yerde bulamadı. "A beyler, oğlan nereye gitmiş olabilir?" dedi. Beyler, "Oğlan kuş yüreklidir, kaçıp anasına gitmiştir," dediler. Kazan'ın rengi attı, döndü: "Beyler, Tanrı bize bir kör oğul vermiş! Gidip onu anasının yanından alayım, kılıçla parçalayayım, altı parça edeyim, altı yol ayrımına bırakayım ki bir daha kimse yaban yerde yoldaşını bırakıp kaçmasın," dedi. Sonra da koyu kızıl yağız atını topukladı, yola düşüp evine geldi.

Han'ın kızı, Boyu Uzun Borla Hatun, Kazan'ın geldiğini duydu. Attan aygır, deveden erkek, koyundan koç kestirdi. "Oğlancığımın ilk avıdır, kudretli Oğuz beylerini ağırlayayım!" dedi. Han kızı, Kazan'ın geldiğini gördü. Toparlanıp yerinden ayağa kalktı. Samur cübbesini sırtına aldı, Kazan'ı karşıladı. Gözlerini kaldırıp Kazan'ın yüzüne doğru baktı. Sağına, soluna göz gezdirdi, oğlancığını, Uruz'u göremedi. Kara bağrı sarsıldı, tüm yüreği oynadı. Kara çekik gözleri kanla yaşla doldu. Orada Borla Hatun, Kazan'a söylemiş, bakalım efendim, ne söylemiş:

Beri gel, Salur'un beyi, Salur'un yakışıklısı!
Başımın bahtı, evimin tahtı,
Han babamın damadı,
Kadın anamın sevgisi,
Göz açıp gördüğüm,
Gönül verip sevdiğim,
Yiğit beyim Kazan!
Kalkıp da yerinden harekete geçtin,
Oğlunla yelesi kara, asil atına atlayıp bindin!
Boynu uzun geyiği alıp devirdin,
Besili etini atlarına yüklettin, geri döndün,
İki gittin, bir gelirsin, yavrum hani?

Karanlık gecede bulduğum oğlum hani?
Bir bebeğim görünmez, bağrım yanar.
Yalçın kayalardan,
Kazan, oğlumu uçurdun mu?
Talı Sazlığı'nın aslanına yedirdin mi?
Ak ellerini arkasından bağlattın mı?
Kâfirler önünde yaya yürüttün mü?
Dili damağı kuruyup dört yanına baktırdın mı?
Kara gözden acı yaşını döktürdün mü?
"Kadın ana! Bey baba!" diye sızlattın mı?

dedi.

Yine söylemiş:

Oğul oğul, ay oğul, varisim oğul!
Karşıda duran kara dağımın doruğu oğul!
Karanlık gözlerimin aydını oğul!
Sam yelleri esmeden, kulağım çınlar Kazan,
Sarımsak otu yemeden, içim yanar Kazan,
Sarı yılan sokmadan beyaz tenim kabarıp şişer,
Kurumuş göğsümde sütüm kaynar,
Yalnızca oğul görünmez, bağrım yanar,
Sadece oğlumun haberini, söyle bana Kazan,
Demezsen, yana yıkıla beddua ederim, sana Kazan!

dedi.

Anası bir daha söyledi,

Süngü mızrak oynatanlar,
Döndü, geldi,
Altın mızrak oynatana,
Ya Rab ne oldu?
Asil atına binenler,
Döndü, geldi,
Arap atlı oğluma
Ya Rab ne oldu?
Muhafızlar geldi, vekil geldi,

Tek bir oğluma
Ya Rab ne oldu?
Sadece oğlumun haberini, söyle bana Kazan!
Demez isen, yana yakıla beddua ederim, a Kazan sana!

dedi.

Bir daha söylemiş:

Kuru kuru çaylara su gönderdim,
Kara elbiseli dervişlere adak adadım,
Yanıma dönüp baktığımda komşuma iyi baktım,
Umanına bıkanına yemek yedirdim,
Aç görsem doyurdum, yoksul görsem giydirdim,
Dilekle bir oğlu güçlükle buldum,
Sadece oğlumun haberini, a Kazan, söyle bana!
Demez isen, yana yakıla beddua ederim, Kazan sana!

dedi.

Bir daha söylemiş:

Karşıda uzanan kara dağdan, bir oğul uçurduysan
De bana,
Kazma ile yıktırayım!
Hızlı akan coşkun suya, bir oğul kaptırdıysan;
Söyle bana,
Damarlarımı kurutayım!
Azgın dinli kâfirlere, bir oğul kaptırdıysan;
De bana,
Han babamın yanına ben gideyim,
Ağır asker, bol hazine alayım,
Yaralanıp asil atımdan inmedikçe,
Kolumla al kanımı silmedikçe,
Parça parça olup yeryüzüne düşmedikçe,
Yalnız oğul haberini almadıkça,
Kâfir yollarından dönmeyeyim!

dedi.

Bir daha söylemiş:

Yoksa a Kazan, ayağımdan çizmeyi atayım mı?
Kara tırnağı ak yüzüme geçireyim mi?
Güz elması gibi al yanaklarımı yırtayım mı?
Yazmama al kanımı bulaştırayım mı?
Ağır yası senin orduna koyayım mı?
Oğul, oğul deyip de sızlayayım mı?
Deve damında kızıl deve buradan geçti,
Deve yavruları buradan sızlayıp birlikte geçti,
Yavrucuğumu kaptırmışım, sızlayayım mı?
Ahırın asil atları buradan geçti,
Tayları kişneyerek birlikte geçti,
Tayımı kaptırmışım, kişneyeyim mi?
Ağıllarda akça koyun buradan geçti,
Kuzucuğu meleşip birlikte geçti,
Kuzucuğumu kaptırmışım, meleyeyim mi?
Oğul, oğul diye sızlayayım mı?

dedi.

Bir daha söylemiş:

Kalkıp da yerimden kalkayım derdim,
Yelesi kara, güçlü atıma bineyim derdim,
Heybetli Oğuz içine gireyim derdim,
Ela gözlü gelin alayım derdim,
Kara yerde ak çadırlar kurayım derdim,
Yürüyüp oğulu o gerdekte evlendireyim derdim,
Muradına, maksuduna erdireyim derdim,
Murada erdirmedin beni!
Kara başımın bedduası tutsun Kazan, seni!
Bir bebeğim görünmez, bağrım yanar,
Ne yaptın, de bana!
Demez olursan, yana yakıla beddua ederim, Kazan sana!

Anası oğlan için böyle deyince Kazan'ın aklı başından gitti. Kara bağrı sarsıldı. Katı yüreği sarsıldı. Kararmış gözleri kanla yaşla doldu. "Güzelim, oğul gelse senden mi sorardım? Korkma, merak etme, avdadır. Avda kalan oğul için üzülme. Yedi gün ben Kazan'a mühlet ver. Yerde ise oğulu çıkarayım, gökte ise indireyim. Bulursam bulurum, bulmazsam, Tanrı verdi, Tanrı aldı. Ne yapayım, gelip kara yası seninle birlikte tutarım." dedi. Han'ın kızı, "Kazan, yorgun atınla, körelmiş mızrağınla aramaya gidersen oğlanın avda olduğuna ikna olurum." dedi.

Kazan geri döndü, geldiği yolu eline alıp koşturdu. Gecesini gündüzüne kattı. Anası duymadan el altından emretti. "Doksan tümen genç Oğuz ardımdan gelsin, oğlan esirdir, beyler bilsin," dedi. Düşmanın yenildiği o yere geldi. Orada oğlunun ela gözlü kırk yiğidinin ölüsünü gördü. Oğlunun Arap atına ise ok atılmış, öylece yatar. Askerler arasında oğlancığının ölüsünü bulamadı, altın işlemeli kamçısını buldu. Oğlunun kâfire tutsak olduğunu kısa zamanda anlayıp ağladı.

Kara dağımın doruğu oğul!
Kanlı suyumun taşkını oğul!
Yaşlılık vaktimde kaptırdığım yalnız oğul!

dedi.

İnleyip sızladı, kâfirin izini takip etti.

Kapılı Kara Dervent'te kâfir de konaklamıştı. Oğlana kara aba giydirmişlerdi. Kapı eşiği üzerine enine bırakmışlardı. Giren, çıkan üzerine basardı. Eski düşman Tatar oğlu elimize geçmişken işkenceyle öldürelim diye kapı eşiği üzerine yatırmışlardı. Bu sırada Han Kazan yetişti. Koyu kızıl yağız atını sürdü. Kâfir, Kazan'ın geldiğini görüp korktu. Kimi atına biner, kimi zırhını giyip kılıcını takardı.

Oğlan Uruz başını kaldırdı: "Bre kâfirler, ne olur?" dedi. Kâfir: "Baban geldi, esir alalım deriz." dedi. Oğlan:

Aman, bre kâfir, aman!
Tanrı'nın birliğine yoktur şüphe!

dedi. Kâfirler oğlanın canını bağışladılar. Elini çözüp gözünü açtılar. Oğlan babasına doğru geldi. Uruz söyledi, bakalım efendim, ne söyledi:

Beri gel, babam, canım babam!
Nereden bildin benim tutsak olduğumu?
Ak ellerimin ardıma bağlandığını?
Kıl sicimin ak boynuma takıldığını?
Kara gözlü yiğitlerimin kırıldığını?
Sen gelmeden baba, kâfirler birbirlerine danıştılar,
Koyu kızıl atlı Kazan'ı tutun,
Arkasından ak ellerini bağlayın,
Ondan habersiz güzel başını kesin,
Al kanını yer yüzüne dökün,
Oğluyla ikisini bir arada öldürün,
Ocağını söndürün, diye söyleştiler.
Efendim babam!
Koştururken koyu kızıl atını düşürür,
Savaştığın vakit kendini yakalatıp,
Habersizce güzel başını kestirirsin,
Ak saçlı anamı "Oğul!" derken,
"Başımın bahtı, Kazan!" diye ağlatırsın,
Diye korkarım!
Beni bırakıp baba, geri dön!
Altın çatılı çadır evine at sürüp git!
Yaşlanmış anama umut ol!
Kara gözlü kız kardeşimi ağlatma!
Yaşlanmış anamı sızlatma!
Oğul için babanın ölmesi ayıp olur,
Yaradan hakkı için, baba, bırakıp dön!
Eve git!
Yaşlı anam sana karşı gelirse,
Beni sana sorarsa,
Baba doğru haber ver,

Gördüm senin oğlun esir, de!
Arkasından ak elleri bağlı, de!
Kara kıldan sicim boynuna takılı, de!
Kara domuz damında yatar, de!
Kıl aba boyuncuğunu soyar, de!
Ağır pranga topukçuğunu döver, de!
Yanmış arpa ekmeği, acı soğan öğünümü, de!
Benim anam benim için üzülmesin,
Bir ay baksın,
Bir ayda gelmezsem iki ay baksın,
İki ayda gelmezsem üç ay baksın,
Üç ayda gelmezsem öldüğümü o vakit bilsin!
Aygır atımı kestirip hayır yemeğimi versin!
El kızı sevdiğime izin versin!
Benim için tuttuğu gerdeğe başkası girsin!
Anam benim için gök giyip kara sarınsın!
Kudretli Oğuz diyarında benim yasımı tutsun!
Benim başım senin yoluna kurban olsun,
Geri dön baba!

dedi.

Oğlan bir daha söylemiş, bakalım efendim, ne söylemiş:

Karşıda duran kara dağlar, iyi olsa;
Halk yaylar.
Kanlı kanlı sular, esen olsa;
Çağlayarak taşar.
Asil atlar, esen olsa;
Tay doğurur.
Deve damında kızıl deve, esen olsa;
Yavru verir.
Ağıllarda akça koyun, esen olsa;
Kuzu verir;
Alp erenler, esen olsa;
Oğlu doğar.
Sen esen ol,
Anam esen olsun,

Kadir Tanrı size benden daha iyi oğul versin!
Ak sütünü anam bana helal etsin!
Savaşma, bırak da dön baba geri!

dedi.

Han Kazan burada söylemiş, Bakalım efendim, ne söylemiş:

Oğul oğul, ay oğul!
Karşıda duran kara dağımın doruğu oğul!
Güçlü belimin kuvveti canım oğul!
Karanlık gözlerimin aydını oğul!
Alaca tan ağarırken yerimden doğrulup kalkmışım senin için,
Koyu kızıl atımı yormuşum senin için,
Ak elbisem kir tuttu senin için,
Benim başım kurban olsun, canım oğul, senin için!
Sen gideli ağlayışım,
Gökte iken yere indi,
Gümbür gümbür davullar dövülmedi,
Ağır yüce divan kurulmadı,
Seni bilen bey oğulları,
Ak çıkardı, kara giydi;
Kaz gibi zarif kızım, gelinim,
Ak çıkardı, kara giydi;
Yaşlı anan kanlı yaşlar döktü,
Ak sakallı senin baban kederlendi;
Dönüp buradan oğul eve gitsem,
Akça yüzlü anan karşıdan gelip "Oğul!" dese,
Ak elleri arkasına bağlı diyeyim mi?
Ak boynunda kıl urgan takılı diyeyim mi?
Kâfirin yanında yaya yürür diyeyim mi?
Benim namusum nereye varır, oğul?
Kıl aba boyuncuğunu soyar diyeyim mi?
Ağır pranga topukçuğunu döver diyeyim mi?
Arpa ekmeği, acı soğan öğüncüğünü diyeyim mi?

dedi.

Kazan yine,

Karşıda duran kara dağlar yaşlansa,
Otu bitmez, halk yaylamaz;
Coşkun akan güzel sular kurursa, taşıp gitmez.
Develer yaşlansa yavru vermez;
Karakoçlar yaşlansa yavru vermez;
Er yiğitler yaşlansa oğlu doğmaz!
Baban koca, anan karı,
Kadir Tanrı senden daha iyi oğul bize vermez,
Verse de senin yerini tutamaz!
Yıldızlı gökyüzünde kara bulut olup da,
Kâfirin üzerine gürleyeyim,
Ak yıldırım olup çakayım,
Ateş olup Kâfiri kamış gibi yakayım,
Dokuzunu bir yerine saydırayım,
Vuruşmayla, dövüşmeyle alemleri doldurayım,
Yaradan Allah yardım etsin!

dedi.

Kazan, koyu kızıl atından yere indi. Akıp giden temiz sudan abdest aldı. Ak alnını yere koydu, iki rekât namaz kıldı. Ağladı, kadir Tanrı'dan dilek diledi. Yüzünü yere sürdü. Muhammed'e salavat getirdi. Deve gibi bağırdı, aslan gibi kükredi, nara atıp haykırdı. O kâfirin üzerine yapayalnız at sürdü, kılıç vurdu; döne döne bir zaman iyi savaştı. Kâfiri "Alayım!" dedi, alamadı. Bir saat içinde kâfire üç defa at sürdü. Aniden gözünün kapağına kılıç dokundu. Kara kanı fışkırdı, gözüne indi. Kazan kendini ıssız yerlere attı.

Görelim, şimdi Yaradan ne yapar? Efendim meğer, Uruz'un anası Boyu Uzun Borla Hatun oğlancığını düşünüp sabrı kalmadı. Kırk ince belli kız-oğlanıyla kara aygırı çektirdi, atının sırtına bindi. Kara çelikten has kılıcını kuşandı. "Başımın tacı Kazan gelmedi," diye Kazan'ın izini takip etti, gitti. Kazan'a doğru geldi. Kazan eşini tanımadı. Kazan, Han kızının üzerine geldi. Söylemiş, efendim, ne söylemiş:

Kara aygırın dizginini bana doğru çek yiğit!
Gözlerini kaldırıp yüzüme bak yiğit!
Altındaki kara aygırı bana ver yiğit!
Elindeki sivri mızrağını, bana ver yiğit!
Yanındaki gök gibi çelik kılıcını bana ver yiğit!
Bugünümde umut ol bana yiğit!
Kale, ülke vereyim sana yiğit!

dedi.

Borla Hatun:

Karşıma geçip yiğit benim, ne ağlayıp sızlarsın?
Geçmiş benim günümü ne hatırlatırsın?
Kalkıp yerinden doğrulan Kazan,
Kara gözlü atının beline binen Kazan,
Atını dört nala sürüp kara dağımı yıkan Kazan,
Gölgelice kaba ağacımı kesen Kazan,
Bıçak alıp kanatlarımı kıran Kazan,
Yalnız oğlum Uruz'a kıyan Kazan,
At üstünde durmayıp koşturan Kazan,
Senin belin ölmüş,
Üzengiye kalkmayan dizin ölmüş,
Han kızı helâlini tanımayan gözün ölmüş!
Bunalmışsın, sana ne olmuş?
Vur kılıcını, yetiştim Kazan!

Bu sırada Oğuz yiğitleri bir bir imdada yetişti. Görelim efendim, kimler yetişti:

Kara Dere ağzında kadir Mevla'nın verdiği,
Beşiğinin örtüsü kara boğa derisinden olan,
Sinirlendiğinde kara taşı kül eden,
Ensesine kadar uzayan bıyığına, yedi yerinde düğüm atan,

Yiğitler ejderi, Kazan Bey'in kardeşi Kara Göne
At koşturup yetişti.
"Vur kılıcını Kazan kardeş! Yetiştim." dedi.

Onun ardınca, bakalım efendim, kimler imdadına geldi:

Demir Kapı geçidindeki
Demir kapıyı basıp alan,
Altmış tutamlık renkli mızrağının ucunda adam böğürten,
Kazan Bey gibi pehlivanı bir savaşta üç kez atından düşüren,
Kıyan Selçuk oğlu Deli Dündar
At koşturup yetişti.
"Vur kılıcını Kazan ağam! Yetiştim." dedi.

Onun ardınca, bakalım efendim, kimler imdadına yetişti:

Sorgusuz sualsiz gidip Bayındır Han'ın düşmanını basan,
Altmış bin kâfire kan kusturan,
Ak boz atının yelesi üzerinde kar bırakan,
Gaflet Koca oğlu Şer Şemseddin
At koşturup yetişti.
"Vur kılıcını Kazan ağam! Yetiştim." dedi.

Onun ardından görelim kimler yetişti:

Parasar'ın Bayburt kalesinden
Şimşek gibi uçan,
Rengârenk gerdek çadırına karşı gelen,
Yedi kızın umudu,
Oğuz taifesinin gururu,
Kazan Bey'in inanıp güvendiği, boz aygırlı Beyrek
At koşturup yetişti.
"Vur kılıcını Kazan ağam! Yetiştim." dedi.

Onun ardından görelim kimler imdadına yetişti:

Çatık baktığı zaman çalımlı,
Boz-kara kartal gibi erdemli
İki parça süslü kuşaklı,
Kulağı altın küpeli,
Oğuz beylerini bir bir atından yıkan
Kazılık Koca oğlu Yeğenek
At koşturup yetişti.
"Vur kılıcını Kazan ağam! Yetiştim." dedi.

Onun ardından bakalım kimler imdadına yetişti:

Yirmi dört boyun gönlünü alan Deli Dündar yetişti.
Onun ardından bin kavim başları Döğer yetişti.
Onun ardından bin Bügdüz başları Emen yetişti.
Onun ardından dokuz Koca başları Aruz yetişti.

Sayılmakla Oğuz beylerinin tükeneceği yok. Kazan'ın beylerinin hepsi gelip yetişti, toplandılar. Temiz sudan abdest aldılar, iki rekât namaz kıldılar, adı güzel Muhammed'e salavat getirdiler. Zahmetsizce kâfire at sürdüler, kılıç vurdular. O gün yürekli olan er yiğitler ortaya çıktı. O gün namertler saklanacak yer kolladılar. Kıyamet gibi bir savaş oldu, meydan başlarla doldu. Bey muhafızından, muhafızı beyden ayrıldı. Oğuz beyleriyle Dündar sağa at koşturdu. Savaşçı yiğitleriyle Kara Budak sola at sürdü. Kazan Bey'in kendisi Oğuz beyleriyle ortaya at koşturdu. Tekür Melik ile Kral Şökli'ye yöneldi, bağırtıp attan yere düşürdü, başını kesti, alca kanını toprağa döktü.

Sağ tarafta Dündar, Kara Tekür Melik'e karşı geldi. Kılıçlayıp yere düşürdü. Sol tarafta Kara Budak, Kral Boğacık'a karşı geldi, kılıcını geçirip yere düşürdü, kımıldatmadan başını kesti. Boyu Uzun Borla Hatun kâfirin kara tuğunu kılıçlayıp yere düşürdü. Tekür alındı, kral tutsak edildi, kâfir kaçtı. Derelerde kâfire kırgın girdi. On beş bin kâfirin kimi öldürüldü, kimi esir alındı.

Kazan ve Borla Hatun oğlu üzerine gelip attan indiler. Elini çözdüler, baba ile oğul kucaklaşarak görüştüler. Oğuzdan üç yüz yiğit şehit oldu. Kazan Bey oğlancığını kurtardı, geri döndü. Gaza mübarek oldu. Oğuz beyleri ganimete doydu. Kazan Bey, Akça Kale, Sürmeli'ye gelip kırk çadır kurdurdu. Yedi gün, yedi gece yeme, içme oldu. Kırk iyi köle ile kırk cariyeyi oğlunun şerefine azat eyledi. Savaşçı yiğitlere şalvar, cübbe ve çuha giysilerden hediyeler verdi.

Dedem Korkut gelip hikâyeyi anlattı, saz çaldı, şiirler söyledi. Bu Oğuzname'yi Kazan oğlu Uruz için düzdü, tertip etti. Şöyle dedi:

Şimdi hani o bahsettiğim iyi erenler,
'Dünya benim' diyenler?
Ecel aldı, toprak gizledi
Fani dünya kime kaldı?
Gelimli gidimli dünya,
Nihayet son noktada ölümlü dünya.

Bir de dua edip kutlayalım, efendim:

Yüksek kara dağların yıkılmasın!
Gölge veren ulu ağacın kesilmesin!
Coşkun akan güzel suyun kurumasın!
Kanatlarının ucu kırılmasın!
Hey şeye gücü yeten Tanrı seni namerde muhtaç etmesin!
Akıyla bozuyla atların koştururken tökezlemesin!
Vuruştuğunda kara çelik has kılıcın körelmesin!
Allah'ın verdiği umudun kırılmasın!
Son nefeste temiz imandan ayırmasın!
Ak alnında beş cümle dua ettik. Kabul olsun!
Bir araya getirsin, gayret versin!
Günahlarını adı güzel Muhammed Mustafa'nın
Yüzü suyu hürmetine bağışlasın!
Ey efendim!

Duha Koca Oğlu Deli Dumrul'un Hikâyesi

Ey efendim,

Oğuzlarda Duha Koca oğlu Deli Dumrul adında bir adam vardı. Bir kuru çay üzerine bir köprü yaptırmıştı. Köprüden geçenden otuz üç, geçmeyenden döve döve kırk akçe alırdı. Bunu neden yapardı? Şu sebepten ki "Çıkıp benimle dövüşecek, benden daha güçlü, daha deli bir adam var mıdır?" diye merak ederdi. "Yiğitliğim, kahramanlığım, savaşçılığım, cesurluğum Rum ve Arap diyarına gidip yayılmalı, adım ünlenmeli," derdi.

Bir gün köprüsünün yamacında bir bölük oba konakladı. O obada bir güzel yiğit hasta düşmüştü. Allah'ın emriyle o yiğit öldü. Kimi 'oğul', kimi 'kardeş' diyerek ağlaşmaya başladılar. O yiğit sebebiyle obaya ağır bir matem havası çöktü. Deli Dumrul aniden atını koşturup yetişti. "Bre şapşallar ne ağlıyorsunuz? Benim köprümün yanında bu feryat bu figan nedir? Neye matem tutarsınız?" diye sordu. "Efendim bir güzel yiğidimiz öldü, ona ağlarız." dediler. Deli Dumrul sordu: "Bre yiğidinizi kim öldürdü?" Obadakiler, "Vallahi bey, Allah Teâlâ'dan emir geldi, al kanatlı Azrail de o yiğidin canını aldı," dediler. Deli Dumrul "Bre Azrail dediğiniz nasıl biridir ki insanın canını alır? Ey her şeye gücü yeten Allah'ım, varlığının ve birliğini hakkı için benim gözüme şu Azrail'i bir göster! Savaşayım, çekişeyim, gayret edeyim ve güzel yiğidin canını kurtarayım. Bir daha da güzel yiğitlerin canını almasın!" dedi. Deli Dumrul dönüp evine geldi.

Hak Teâlâ'ya Deli Dumrul'un sözü hoş gelmedi. "Şu deli aptala bak! Benim birliğimi bilmez, birliğime şükür kılmaz. Benim ulu dergâhımda gezer ama kibir ve benlik iddiasında bulunur." dedi. Azrail'e emir verdi: "Ey Azrail, git o deli herifin gözüne görün, benzini sarart, hırlatıp canını al!" Deli Dumrul kırk yiğitle oturmuş yer içerken aniden Azrail çıkageldi. Azrail'i ne çavuş gördü ne de kapıcı. Deli Dumrul'un gören gözü görmez oldu, tutan eli tutmaz oldu. Gözleri karardı, dünya âlem dar oldu.

Deli Dumrul feryatla bakalım ne söylemiş:

Bre ne heybetli ihtiyarsın!
Kapıcılar seni görmedi.
Çavuşlar seni hiç duymadı.
Gören gözüm görmez oldu benim.
Tutan elim tutmaz oldu benim.
Coştu, heyecanlandı, titredi canım benim.
Altın kadehim elimden yere düştü.
Ağzımın içi buz gibi,
Kemiklerim tuz gibi oldu.
Bre sakalcığı ak ihtiyar!
Gözleri buğulu ihtiyar!
Bre, ne heybetli ihtiyarsın! Anlat bana!
Yoksa bir gün bela olurum sana.

Deli Dumrul böyle deyince Azrail sinirlendi ve şöyle söyledi:

Bre deli ahmak!
Gözümün buğulu olması hoşuna gitmez.
Güzel gözlü kızların, gelinlerin

Canlarını ben çok aldım.
Ak sakalım hoşuna gitmez.
Ak sakallı, kara sakallı yiğitlerin
Canını çok aldım.
Sakalı bu yolda ağarttım

"Ey deli ahmak, kibirle 'Al kanatlı Azrail elime geçse de öldürsem, güzel yiğidin canını onun elinden kurtarsam.' derdin. Bre deli, şimdi geldim ki senin canını alayım. Verecek misin? Yoksa benimle cenk mi edeceksin?" dedi. Deli Dumrul, "Bre al kanatlı Azrail sen misin?" dedi. "Evet, benim" diye cevap verdi. "Bu güzel yiğitlerin canını sen mi alıyorsun?" dedi. "Evet, ben alıyorum." dedi. Deli Dumrul "Bre kapıcılar, kapıyı kapatın!" diye seslendi. "Ey Azrail, ben seni geniş yerde arardım, dar yerde iyi ele geçirdim; şu işe bak! Seni şimdi öldüreyim de güzel yiğidin canını kurtarayım!" dedi. Kara çelik has kılıcını sıyırıp eline aldı. Azrail'e vurmak için hamle yaptı. Azrail bir güvercine döndü ve pencereden uçup gitti. İnsanoğlu ejderi Deli Dumrul elini eline vurup katıla katıla güldü. "Yiğitlerim, Azrail'in gözünü öyle korkuttum ki geniş kapıyı bırakıp soluğu dar bacadan aldı. Madem elimden güvercin gibi kuş olup uçtu, doğana yakalatmadan ben onu bırakır mıyım!" Kalktı atına bindi. Doğanını eline aldı. Azrail'in peşine düştü. Bir iki güvercin öldürüp döndü. Evine gelirken Azrail, atının gözüne göründü. At ürktü, götürüp Deli Dumrul'u yere vurdu. Deli Dumrul'un kara başı döndü, içine bir sıkıntı çöktü. Azrail, ak göğsünün üstüne basıp kondu. Önce mırladı sonra hırlamaya başladı.

Şöyle söyledi:

Bre Azrail, insaf et, amandır!
Tanrı'nın birliğine şüphe yoktur.
Ben seni böyle bilmemiştim.
Gizliden, hırsız gibi can aldığını duymamıştım.
Bizim çok değerli dağlarımız var.

O dağlarda bağlarımız var.
O bağlarda kara salkımlı üzüm olur.
O üzümü sıkarlar, kırmızı şarap ederler.
O şaraptan içen sarhoş olur.
Sarhoş idim, anlamadım.
Ne söylediğimi bilmedim.
Beylikten usanmadım.
Gençliğime doymadım.
Canımı alma Azrail, medet!

Azrail "Bre deli aptal, bana ne yalvarıyorsun? Allah Teâlâ'ya yalvar! Benim elimden bir şey gelmez. Ben de bir emir kuluyum." dedi. Deli Dumrul "Peki, canı veren ve alan Allah Teâlâ mıdır?" Azrail: "Evet, odur." Deli Dumrul, "Peki o zaman sen ne demeye aramızda duruyorsun? Sen aradan çekil, ben Allah Teâlâ ile doğrudan haberleşeyim!" dedi.

Deli Dumrul burada bakalım neler söylemiş:

Yücelerden yücesin.
Kimse bilmez nicesin.
Güzel Tanrı!
Nice cahil vardır; seni kimi gökte, kimi yerde arar.
Sen aslında müminin gönlündesin.
Hep var olan Cebbar Tanrı!
Baki kalan Settar Tanrı!
Benim canımı alacaksan sen al!
Bu işi Azrail'e bırakma!

Deli Dumrul'un bu sözleri Allah Teâlâ'ya hoş geldi. Allah Azrail'e nida etti: "Bu deli herif madem ki benim birliğimi anlayıp şükretti, ben de onun canını, kendisininki yerine başka birinin canını bulması şartıyla, bağışladım."

Azrail, Allah Teâlâ'nın bu emrini Deli Dumrul'a aktardı. Deli Dumrul "Ben nasıl can bulayım? Varım yoğum bir ihtiyar baba ile bir de yaşlı ana sadece. Gel gidelim, belki ikisinden biri canını verir. Onunkini alır, benimkini bırakırsın," dedi.

Deli Dumrul at sürüp babasının yanına geldi. Babasının elini öptükten sonra bakalım neler söylemiş:

Ak sakallı, sevgili, hürmete layık, canım baba!
Bilir misin, neler oldu?
Küfür söz söyledim.
Hak Teâlâ'ya hoş gelmedi.
Gökyüzündeki al kanatlı Azrail'e emir verdi.
Uçup geldi, benim ak göğsüme basıp kondu.
Hırıldatıp tatlı canımı alacaktı.
Baba senden can dilerim. Verir misin?
Yoksa vah oğlum Deli Dumrul diye ağlar mısın?

Babası şöyle cevap verdi:

Oğul, oğul, ey oğul!
Canımın parçası oğul!
Doğduğunda dokuz erkek deve kurban ettiğim aslan oğul!
Atlın çatılı çadırımın direği oğul!
Kaz gibi güzel kızımın, gelinimin çiçeği oğul!
Karşıda duran kara dağım,
Söyle gelsin, Azrail'in yaylası olsun!
Soğuk soğuk pınarlarım,
Ona çeşme olsun!
Sürüsüyle çevik atlarım,
Ona binek olsun!
Katar katar develerim,
Ona yük hayvanı olsun!
Ak ağılda akça koyunlarım,
Kara mutfak altında ona ziyafet olsun!
Altın, gümüş, para, neyim varsa
Ona harçlık olsun!
Dünya tatlı, can vazgeçilmez.
Bil ki canıma kıyamam.

Benden aziz benden sevgili anandır.
Oğul git, anana var!

Deli Dumrul babasından yüz bulamayınca sürüp anasına geldi. Ona şöyle dedi:

Ana bilir misin, neler oldu?
Gökyüzündeki al kanatlı Azrail uçup geldi.
Benim ak göğsüme basıp kondu.
Hırıldatıp tatlı canımı alacaktı.
Babamdan can diledim, ana. O vermedi.
Senden can dilerim ana, canını bana verir misin?
Yoksa ah oğul vah oğul, Deli Dumrul diye ağlar mısın?
Keskin tırnaklarınla yüzünü tırmalar mısın?
Kargı gibi kara saçlarını yolar mısın?

Bakalım efendim, bunun üzerine anası ne söylemiş:

Oğul oğul, ey oğul!
Dokuz ay dar karnımda gezdirdiğim oğul!
On ay olunca dünya yüzüne getirdiğim oğul!
Altın sırmalı beşiklerde beslediğim oğul!
Kova kova ak sütümü emzirdiğim oğul!
Keşke ak burçlu kalelerde esir olsaydın,
Dini bozuk kâfirlere tutsak olsaydın da
Altın, gümüş verip seni kurtarsaydım, ey oğul!
Ama öyle yaman bir yere gitmişsin ki ben gelemem.
Dünya tatlı, can vazgeçilmez.
Bil ki canıma kıyamam.

Anası da canını vermedi. Bu laflardan sonra Azrail Deli Dumrul'un canını almaya geldi. Deli Dumrul "Bre Azrail, kıyma bana, amandır, Tanrı'nın birliğine şüphem yoktur," deyince Azrail: "Bre deli herif, daha neden medet umuyorsun? Ak sakallı babana gittin, senin için can vermedi. Ak saçlı ananın yanına gittin, sana can vermedi.

Senin için canını feda edecek başka kim kaldı?" dedi. Deli Dumrul "İçimde bir hasret vardır, gidermek isterim," dedi. Azrail, "Bre Deli, hasretin kimdir?" diye sordu. O da "Yabancı memleketli bir karım, ondan da iki oğulcağızım var. Onlara teslim etmem gereken emanetim var. Ondan sonra benim canımı alırsın," dedi.

Atını sürdü, karısının yanına geldi. Şöyle dedi:

Bilir misin, neler oldu?
Al kanatlı Azrail gökyüzünden uçup geldi.
Benim ak göğsüme basıp kondu.
Tatlı canımı alacaktı.
Babama ver dedim, can vermedi.
Amana vardım, can vermedi.
Dünya güzel, can tatlı dediler.
Şimdi yüksek yüksek kara dağlarım
Sana yayla olsun!
Soğuk soğuk sularım
Sana çeşme olsun!
Sürüsüyle çevik atlarım
Sana binek olsun!
Çatısı bacası altın ulu çadırım
Sana gölge olsun!
Katar katar develerim
Sana yük hayvanı olsun!
Ağıldaki akça koyunlarım
Sana ziyafet olsun!
Gözün kimi tutarsa,
Gönlün kimi severse
Sen onunla evlen!
İki oğlancağızı öksüz koyma!

Bunun üzerine karısı bakalım ne söylemiş:

Ne dersin, ne anlatırsın?
Göz açıp gördüğüm,
Gönül verip sevdiğim!

Koç yiğidim, şah yiğidim!
Dudak verip öpüştüğüm,
Bir yastığa baş koyup oynaştığım!
Karşıda duran kara dağları
Senden sonra ben ne yapayım?
Orda yaylayacak olsam
Benim mezarım olsun!
Soğuk soğuk sularını içecek olsam
Benim kanım olsun!
Altınını gümüşünü harcayacak olsam
Benim kefenim için olsun!
Sürü sürü çevik atlarına binecek olan
Benim tabutum olsun!
Senden sonra bir yiğidi
Sevip evlensem, onunla yatsam
Alaca renkli yılan olup beni soksun!
Bir can vermekte ne var ki senin o korkak anan baban
Canlarına kıyamamışlar!
Allah'ın makamları arş ve kürsi tanık olsun!
Yer tanık olsun, gök tanık olsun!
Her şeye gücü yeten Tanrı tanık olsun!
Benim canım senin canına kurban olsun!

dedi ve rıza gösterdi. Azrail kadının canını almaya geldi. Fakat Âdemoğlu ejderi, yoldaşına kıyamadı. Bunun üzerine Allah Teâlâ'ya yalvardı. Bakalım efendim, nasıl yalvarmış:

Yücelerden yücesin.
Kimse bilmez, nicesin.
Güzel Tanrı!
Nice cahil vardır; kimi seni gökte, kimi yerde arar.
Sen aslında müminin gönlündesin.
Hep var olan Cebbar Tanrı!
Ulu yollar üzerine senin içim imaretler yapayım.
Aç görsem doyurayım senin için.
Açık görsem giydireyim senin için.

Alırsan ikimizin canını birden al!
Bağışlarsan ikimizin canını birlikte bağışla!
Ey cömertliği bol, kadir Tanrı!

Hak Teâlâ'ya Deli Dumrul'un sözü hoş geldi. Azrail'e emir verdi. "Deli Dumrul'un babasının anasının canını al. Bu çifte de yüz kırk yıl ömür verdim," dedi. Azrail de derhal anasının ve babasının canını aldı. Deli Dumrul da yoldaşıyla birlikte yüz kırk yıl ömür sürdü.

Dedem Korkut gelip hikâyeyi anlattı, manzumeler düzdü:

Bu hikâye Deli Dumrul'un olsun!
Benden sonraki alp ozanlar söylesin!
Alnı açık, cömert erenler dinlesin!

dedi.

Dua edip kutlayalım efendim:

Yüksek kara dağların yıkılmasın!
Gölgesi geniş ulu ağacın kesilmesin!
Coşkun akan güzel suların kurumasın!
Kadir Tanrı seni namerde muhtaç etmesin!
Ak alnında beş cümle dua kıldık, kabul olsun!
Bir araya getirsin, birlik olsun! Gayrete, çalışmaya sebep olsun!
Adı güzel Muhammed günahlarınızın bağışlanması için şefaatçi olsun!
Ey efendim.

Kanlı Koca Oğlu Kanturalı'nın Hikâyesi

Ey efendim,

Oğuz zamanında Kanlı Koca adında gürbüz bir adam yaşardı. Bunun Kanturalı denen yetişmiş, savaşçı bir oğlu vardı. Kanlı Koca, "Dostlar! Babam öldü, ben kaldım. Yeri yurdu bana miras kaldı. Bugün yarın ben de ölürüm, oğlum kalır. En iyisi ben hayattayken oğlum, gel seni evlendireyim." dedi. Oğlan "Baba, beni evlendirmek istediğine göre sence bana layık kız nasıl olmalı?" dedi. Kanlı Koca, "Nasıl olmalı?" diye sorunca Kanturalı "Baba, ben yerimden kalkmadan o kalkmış olmalı, ben asil atıma binmeden o binmiş olmalı, ben kanlı kâfir eline varmadan o varmış ve bana baş getirmiş olmalı," dedi. Kanlı Koca, "Oğul, sen kız değil savaşçı istiyormuşsun. Onun sırtından yiyip içmek, gününü gün etmek istiyormuşsun," dedi. "Evet, canım babam öyle isterim. Yoksa sen gidip çıtkırıldım, süslü bir Türkmen kızı alırsın; aniden ayağım kayıp üzerine düşecek olsam, karnı patlar," dedi. Kanlı Koca, "Tamam oğul! Kız arayıp bulmak senden, mal ve rızık vermek benden," dedi.

O böyle deyince yiğitler ejderhası Kanturalı yerinden kalktı. Kırk yiğidini yanına alıp İç Oğuz'u dolaştı. Kız bulamadı. Vazgeçti, geri döndü, evine geldi. Babası

"Oğul, kız buldun mu?" diye sordu. Kanturalı, "Oğuz elleri yıkılsın! Kendime göre bir kız bulamadım, baba," dedi. Babası, "Hey oğul, kız aramaya böyle gidilmez." dedi. Kanturalı, "Peki ya nasıl gidilir, baba?" diye sordu. Kanlı Koca, "Oğul, sabah gidip öğlen gelmek olmaz! Öğlen gidip akşam gelmek olmaz! Oğul, sen malımıza sahip çık, kazanıp mal biriktir! Ben sana kız aramaya giderim." dedi.

Kanlı Koca sevinç ve kıvançla kalktı. Ak sakallı yaşlıları yanına aldı. İç Oğuz'a girdi, kız bulamadı. Gezdi dolaştı, Dış Oğuz'a girdi, bulamadı. Dolaştı, Trabzon'a geldi.

Meğer Trabzon tekürünün çok güzel ve sevimli bir kızı varmış. Sağına soluna çifte yay çekermiş. Attığı ok yere düşmezmiş. O kızın başlık talebi, üç canavar idi. Babası "Kim o üç canavarı tepelerse, yenip öldürürse kızımı ona vereceğim," diye söz vermişti. Canavarı yenemeyenin başını keserdi. Böylelikle otuz iki kâfir beyinin oğlunun başı kesilip kalenin burçlarına asılmıştı. O üç canavarın biri kızgın aslandı, biri kara boğaydı, biri de kara erkek deveydi. Bunların her biri, bir ejderha gibiydi. Burçlarda asılı olan otuz iki baş, daha kızgın aslan ile kara erkek devenin yüzünü görmeden boğanın boynuzlarıyla can vermişti.

Kanlı Koca bu başları ve canavarları görünce başındaki bitler ayağına toplandı. "Gideyim oğluma, doğru haberler vereyim. Hüneri varsa gelsin, alsın! Yoksa evdeki kıza razı olsun!" dedi.

At ayağı çabuk, ozan dili kıvrak olur. Kanlı Koca, Oğuz'a geldi. Kanturalı'ya "Baban geldi." diye haber verdiler. Kırk yiğidiyle babasını karşıladı. Elini öptü. "Canım babam, bana göre bir kız buldun mu?" dedi. "Hünerin var ise buldum, oğlum," dedi. Kanturalı, "Altın akçe mi ister yoksa katır deve mi ister?" dedi. Babası, "Oğul, hüner gerek hüner," dedi. Kanturalı, "Baba, kara yeleli asil atıma eyer vurayım, kanlı kâfir eline akın edeyim. Baş keseyim, kan dökeyim. Kâfire kan kusturayım, kul hizmetçi getireyim. Hüner göstereyim." Kanlı Koca, "Ey canım oğlum, hüner dediğim o değil. O kız için üç canavar beslemişler. Kim o üç canavarı yenerse kızı ona verecekler. Yenip öldüremeyenin başını kesip burca asıyorlar." dedi. Kanturalı, "Baba, sen bu sözü bana demeyecektin. Madem söyledin, artık mutlaka gitmem lazım. Gitmezsem başıma kakılır, yüzüme vurulur. Kadın ana, bey baba esen kalın," dedi. Kanlı Koca, "Gördün mü, ben kendime ne ettim? Oğlana kötü haberler vereyim belki gitmez, döner," dedi. Bakalım efendim, Kanlı Koca burada ne söylemiş:

Oğul! Senin gideceğin yerin,
Engebeli, dolamaçlı yolları olur.
Atlının batıp çıkamadığı
Balçığı olur.
Ala yılanın geçemediği,
Sığ ormanı olur.
Gökle boy ölçüşen
Kalesi olur.
Göz dikip gönül alan,
Güzeli olur.
Hay demeden baş kesen,
Celladı olur.
Üstü zırhlı
Askerleri olur.
Yaman yerlere yeltendin; geri dön!
Ak sakallı babanı, yaşlı ananı ağlatma!

deyince Kanturalı kızdı:

Ne söylersin, ne dersin sen? Canım babam!
Bu kadarcık işten korkan yiğit mi olur?
Alp yiğide korku vermek ayıp olur.

Engebeli, dolamaçlı yollarını
Kadir Mevla izin verirse gece sürüp geçeyim.
Atlının batıp çıkamadığı balçığına
Kumlar dökeyim.
Ala yılanın geçemediği ormanını,
Çakmak çakıp ateşe vereyim!
Gökle boy ölçüşen kalelerini,
Kadir Mevla izin verirse basıp yıkayım!
Göz dikip gönül alan güzelinin
Boynundan öpeyim.
Üstü zırhlı askerlerinin,
Allah izin verirse başını keseyim!
İster ulaşayım ister ulaşmayayım,
İster döneyim ister dönmeyeyim;
İster kara devenin göğsü altında kalayım;
İster boğanın boynuzuna takılayım;
İster kızgın aslanın pençesinde lime lime olayım;
İster ulaşayım ister ulaşmayayım,
İster döneyim ister dönmeyeyim,
Bey baba, hatun ana! Tekrar görüşünceye dek esen kalın!

dedi.

Namusu ve ilkeleri uğrunda tereddüt etmediğini görünce "Oğul, bahtın açık olsun! Sağ salim gidip gelesin!" dediler. Kanturalı, babasının annesinin ellerini öptü.

Kırk yiğidini yanına aldı. Yedi gün yedi gece at koşturdular. Kâfirin sınırına ulaştılar, çadır kurdular. Kanturalı, hızlı atını rüzgâr gibi koşturup gürzünü göğe atıyor, yere düşmeden kavrayıp tutuyordu.

Ey kırk eşim, kırk yoldaşım!
Hızlı koşanla yarışsam;
Güçlü olanla güreşsem;
Hak Teâlâ yardım etse;
Üç canavarı öldürsem!
Güzeller baş tacı Sarı Elbiseli Selcan Hatun'u alsam;
Babamın anamın evine dönsem!

Hey kırk eşim, kırk yoldaşım!
Kırkınıza kurban olsun benim başım!

dedi.

Efendim, bunlar böyle konuşurken teküre haber ulaştı: "Oğuz'da Kanturalı denen bir yiğit varmış, kızınızı istemeye geliyor." dediler. Kâfirler yedi fersah[1] yol gidip bunları karşıladı. "Niye geldiniz yiğit delikanlılar?" diye sordular. "Alış-verişe geldik." dediler. Kâfirler, onlara değer verip saygı gösterdi. Ak çadır kurdular. Renkli halı döşediler. Ak koyunlar kestiler. Yedi yıl yıllanmış kırmızı şarap içirdiler. Sonra bunları alıp teküre getirdiler.

Tekür, tahtında oturuyordu. Etrafındaki yüz kâfir zırh giyinmişti. Kanturalı meydanı yedi defa dolanıp geldi. Kız meydanda bir köşk yaptırmıştı. Yanındaki bütün kızlar al giymişti, kendisi sarı giymişti. Yukarıdan seyrediyorlardı. Kanturalı geldi, kara şapkalı teküre selam verdi. Tekür selamı aldı. Renkli halılar döşediler, Kanturalı oturdu. Tekür, "Yiğit, nereden geliyorsun?" diye sordu. Kanturalı ayağa kalktı, sallana sallana yürüdü. Ak alnını açtı, ak bileklerini sıvadı. Şöyle dedi:

Karşıdaki kara dağını aşmaya geldim;
Coşkun akan suyunu geçmeye geldim;
Geniş eteğine, dar koltuğuna sığınmaya geldim;
Allah'ın emri, peygamberin kavliyle,
Kızını almaya geldim!

Tekür, "Bu yiğidin ağzı laf yapıyor; ağzı gibi eli de marifetliyse kızımı veririm," dedi. Sonra "Bu yiğidi anadan doğma soyun!" diye emretti. Soydular. Kanturalı altın sırmalı, ince keten bezini beline sardı. Alıp meydana getirdiler. Kanturalı cismen yakışıklı ve ruhen olgun bir yiğitti.

1 Yaklaşık 35 kilometre. (haz.n.)

Oğuzda dört yiğit peçeyle gezerdi. Biri Kanturalı, biri Kara Çekir, biri onun oğlu Kırk Kınık, bir diğeri ise Boz Aygırlı Beyrek'ti. Kanturalı peçesini açtı. Kız köşkten bakıyordu. Kanturalı'yı görünce kendinden geçti. Kedisi miyavladı. Kızın ağzından şap hastası olmuş dana gibi salya aktı. Yanındaki kızlara, "Hak Teâlâ babamın gönlüne merhamet verse de nikâhımı kıyıp beni o yiğide verse... Canavarlar elinde ölürse bunun gibi bir yiğide yazık olur," dedi.

Bu sırada, demir zincirlerle bağlanmış boğayı getirdiler. Boğa diz çöktü. Boynuzuyla bir mermer taşı ufaladı, peynir gibi didikledi. Kâfirler, "Bu şimdi yiğidi kaldırır atar, vurup yıkar, yere serer, delik deşik eder. Yıkılsın Oğuz elleri! Bir bey oğlu ile kırk yiğidin bir kız sebebiyle ölmesi de nedir?" dediler. Bunu işitince kırk yiğit ağlaştılar. Kanturalı sağına soluna bakınca kırk yiğidinin ağladığını gördü. "Ey kırk eşim, kırk yoldaşım niye ağlıyorsunuz? Kollu kopuzumu getirin, bana övgüler düzün!" dedi. Bunun üzerine kırk yiğit, Kanturalı'yı övmüşler.

Bakalım efendim, nasıl övmüşler:

Sultanım Kanturalı!
Yerinden kalkıp dikilmedin mi?
Kara yeleli asil atına binmedin mi?
Arku Bel'i, Ala Dağ'ı, avlayarak, kuş vurarak aşmadın mı?
Babanın ak çadırı eşiğinde, cariyeleri inek sağar görmedin mi?
Boğa boğa dedikleri, kara inek buzağısı değil midir?
Alp erenler hasmından çekinir mi?
Sarı Elbiseli Selcan Hatun köşkten bakar.
Kime baksa aşk ateşine atar.
Kanturalı, sarı elbiseli kız aşkına 'Hû!'

Kanturalı, "Bre, boğanızı koyuverin, gelsin!" dedi. Boğanın zincirini aldılar, salıverdiler. Boğanın boynuzları elmas mızrak ucu gibiydi. Kanturalı'nın üzerine hücum etti. Kanturalı adı güzel Muhammed'e salavat getirdi.

Boğanın alnına yumruk ile öyle vurdu ki boğayı kıçı üzerine çökertti. Boğanın alnına yumruğunu dayadı, sürüyerek meydanın başına götürdü. Çok vuruştular. Boğayla Kanturalı yenişemediler. Boğa, nefes nefese kaldı, ağzı köpüklendi. Kanturalı, "Bu dünyayı insanlar akıllarıyla bulmuşlardır. Bunun önünden sıçrayayım savuşayım, bütün marifetimi arkasından göstereyim," dedi. Adı güzel Muhammed'e salavat getirip boğanın önünden çekildi. Boğa boynuzunun üzerine çakıldı. Kuyruğundan tutup üç kez yere vurdu. Kemikleri kırıldı. Bastı, boğazladı. Bıçak çıkarıp derisini yüzdü. Etini meydanda bırakıp derisini tekürün önüne getirdi, "Yarın gün doğarken kızını bana ver!" dedi. Tekür, "Bre, kızı verin! Şehirden sürün, çıksın gitsin!" dedi. Tekürün bir kardeşi oğlu vardı, "Canavarların sultanı aslandır. Onunla da hünerini göstersin, kızı ondan sonra verelim," dedi.

Gittiler, aslanı çıkarıp meydana getirdiler. Aslan kükredi, meydanda ne kadar at varsa korkudan kan işedi. Yiğitleri: "Boğadan kurtuldu ama aslandan nasıl kurtulacak?" dediler, ağlaştılar. Kanturalı, yiğitlerini ağlar görünce "Bre, el kopuzumu elinize alın, bana övgüler düzün! Sarı elbiseli kız aşkına! Bir aslandan mı kaçacağım?" dedi. Yoldaşları burada söylemişler. Bakalım efendim, ne söylemişler:

Sultanım Kanturalı!
Ak sazlıklar içinde sarı derilerini görünce
Saldırıp tayların şah damarını yarıp kanını emen;
Kara çelikten has kılıçtan sakınmayan;
Akça kabzalı sert yaydan korkmayan;
Delip geçen ak telekli oktan çekinmeyen;
Canavarlar sultanı kızgın aslanı helak eden;
Ala köpeğe kendisini ısırtır mı?
Alp yiğitler savaş günü hasmından çekinir mi?

dediler.

Sarı Elbiseli Selcan Hatun köşkten bakar.
Kime baksa aşk ateşine atar.
Sarı elbiseli kız aşkına 'Hû!'

dedi.

Kanturalı, "Bre kâfir, aslanını koyuver, gelsin!" dedi. "Kara çelikten has kılıcım yok ki kapıştığında onu ikiye böleydim. Hiçbir şeye ihtiyacı olmayan, cömertler cömerdi Tanrım, sana sığındım," diye yakardı. Aslanı koyuverdiler, sürdü geldi. Kanturalı bir kepeneği koluna doladı, aslanın pençesine doğru uzatıverdi. Adı güzel Muhammed'e salavat getirdi. Aslanın alnını gözetleyip öyle bir yumruk savurdu ki yumruk aslanın çenesine değdi, çenesi dağıldı. Ensesinden tuttu, belini kırdı. Sonra kaldırıp yere vurdu, aslan darmadağın oldu.

Kanturalı tekürün önüne geldi, "Yarın kızını bana ver!" dedi. Tekür, "Kızı getirin, verin! Bu yiğidi gözüm gördü, gönlüm sevdi. İster burada kalsın, ister gitsin!" dedi. Kardeşinin oğlu yine araya girdi ve "Canavarların en büyüğü devedir, onunla da oyununu oynasın! Kızı ondan sonra veririz," dedi.

Allah'ın yardımı erişince beyler, paşalar da Kanturalı'ya yardım etmeye başladı. Tekür "Devenin ağzını yedi yerden bağlayın!" dedi. Ama bazı kıskanç kâfirler bağlamadılar, yularını sıyırıp salıverdiler. Kanturalı fırlıyor, devenin koltuğundan girip tekrar fırlayıp çıkıyordu. Daha önce iki canavarla savaşmış olan Kanturalı'nın başı döndü, sendeleyip düştü. Yalın kılıç altı cellat gelip boğazına çöktüler. Bu esnada yoldaşları, bakalım efendim, ne söylemişler:

Kanturalı, kalkıp buralara geldin.
Kara yeleli asil atına bindin.
Ela gözlü yiğitlerini yanına aldın.
Arku Bel'i, Ala Dağ'ı geceleyin aştın.
Hırçın akan güzel suları geceleyin geçtin.

Kanlı kâfir iline geceleyin girdin.
Kara boğa geldiğinde darmadağın ettin.
Kızgın aslan geldiğinde belini büktün.
Kara erkek deve geldiğinde neden gözün karardı?
Kara kara dağlardan haber aşar.
Coşkun akan sulardan haber geçer.
Ulu Oğuz eline haber ulaşır.
'Kanlı Koca Oğlu Kanturalı ne yapmış?' derler.
'Kara boğa geldiğinde zorlanmamış.
Kızgın aslan geldiğinde belini bükmüş.
Kara deve geldiğinde neden kendinden geçmiş?' derler.
Büyük küçük kalmaz, herkes laf söz eder.
Kadın erkek kalmaz, seni çekiştirir.
Ak sakallı baban kederlenir.
Yaşlı anan kan ağlar.
Hanım, yerinden kalkıp doğrulmazsan
Altı cellat başında yalın kılıç tutar.
Habersizce güzel başını keser.
Aşağıdan yukarıya bakmaz mısın?
Karşına ala renkli kaz geldi, şahinini salmaz mısın?
Sarı Elbiseli Selcan Hatun işaret eder, görmez misin?
Sana "Devenin zayıf noktası burnudur." demek ister, anlamaz mısın?
Sarı Elbiseli Selcan Hatun köşkten bakar.
Kime baksa aşk ateşine atar.
Sarı elbiseli kız aşkına 'Hû!'

Kanturalı ayağa kalktı. "Bre, ben bu devenin burnuna hamle edecek olursam 'O kızın sözüyle hamle etti.' derler. Yarın Oğuz eline haber ulaşır, 'Deve elinde kalmıştı, kız kurtardı.' derler. Bre, kollu kopuzumu çalın, beni övgüler düzün! Yaratan kadir Tanrı'ya sığındım. Bir erkek deveden mi korkacağım! İnşallah bunun da başını keserim." dedi. Yiğitleri, Kanturalı'ya övgüler düzmüşler.

Bakalım efendim, ne söylemişler:

Yüce kayalar başında yuva kuran;
Kadir ulu Tanrı'ya yakın uçan;

Mancınığı, vızıldayıp uçan, sertçe inen ağır taştan;
Arı gölün ördeğini şimşek gibi inip alan;
Koca üveyik tıpış tıpış yürürken çekip alan;
Karnı acıkınca havalanıp uçan;
Bütün kuşların sultanı boz-kara kartal;
Kanadıyla saksağana kendisini şakıtır mı?
Alp yiğitler savaş günü hasmından çekinir mi?

dediler.

Sarı Elbiseli Selcan Hatun köşkten bakar.
Kime baksa aşk ateşine atar.
Sarı elbiseli kız aşkına 'Hû!'

dedi.

Kanturalı, adı güzel Muhammed'e salavat getirdi, deveye bir tekme vurdu. Deve böğürdü. Bir daha vurdu, deve ayakları üzerinde duramadı, yıkıldı. Üzerine çıkıp boğazını iki yerden kesti. Sırtında kayışlık iki deri yüzdü, tekürün önüne bıraktı. "Akıncıların eyerlerinin üzengisinin kayışı koparsa bunlar dikmek için lazım olur." dedi. Tekür, "Vallahi, bu yiğidi gözüm gördü, gönlüm sevdi," dedi. Kırk yerde otağ kurdurdu, kırk yerde kızıl renkli gerdek çadırı kurdurdu. Kanturalı'yla kızı gerdek çadırına koydular. Ozan geldi, saz çaldı.

Oğuz yiğidinin göğsü kabardı. Kılıcını çekti, yere vurup yardı. "Bey babamın, kadın anamın yüzünü görmeden bu gerdeğe girersem yer gibi yarılayım, toprak gibi savrulayım, kılıcımla doğranayım, okumla vurulayım, oğlum doğmasın, doğarsa on gün yaşamasın!" dedi. Çadırını çözdü, devesini inletti, atını kişnetti. Geceyi gündüze kattı, göçtü. Yedi gün yedi gece at koşturdu. Oğuz'un sınırına geldi, çadır kurdu ve şöyle seslendi:

Hey kırk eşim, kırk yoldaşım!
Kurban olsun size benim başım!

Hak Teâlâ fırsat verdi.
Gittim, o üç canavarı öldürdüm.
Sarı Elbiseli Selcan Hatun'u aldım, geldim.
Babama haber verin, beni karşılamaya gelsin!

dedi.

Kanturalı, bu konakladığı yerde kuğuların, turnaların, turaçların ve kekliklerin uçtuğunu, soğuk soğuk suların, çayırların, çimenlerin olduğunu, Selcan Hatun da burayı beğendiğini görünce oturdular, yediler, içtiler, zevkusefaya daldılar.

O zamanlar, Oğuz yiğitlerinin başına gelen bütün kazalar belalar uyurken gelirdi. Kanturalı'nın uykusu geldi, uyudu. O uyurken kız kendi kendine "Bana âşık olan çoktur, ansızın baskın yapıp tutup yiğidimi öldürmesinler! Akça yüzlü gelin olan beni tutup babamın ve anamın evine götürmesinler," dedi. Kanturalı'nın atını zırhla donattı, kendi de zırh giyindi. Mızrağını eline aldı. Yüksek bir yere çıkıp gözetlemeye başladı.

Efendim, meğerse tekür pişman olmuş imiş, "Biricik kızcağızımı aldı gitti. Ne yani, üç canavar öldürdüğü için mi?" diyormuş. Kara zırhlı, mavi demirli altı yüz kâfir seçmiş. Bunlar gece gündüz at koşturdular. Ansızın geldiler. Kız hazırdı. Hücum ettiklerini görünce atını sürüp Kanturalı'nın yanına geldi.

Bakalım efendim, ne söylemiş:

Gafil olma, kara başını kaldır, yiğit!
Güzel, ela, çekik gözlerini aç, yiğit!
Kollarından ak ellerin bağlanmadan
Ak alnın kara yere sürülmeden,
Habersizce güzel başın kesilmeden,
Al kanların yeryüzüne dökülmeden,
Düşman yetişti, düşman ulaştı!

Ne yatarsın, kalk yiğit!
Yüce kayalar sarsılmadan yer yarıldı.
Gazi beyler ölmeden oba boşaldı.
Birbirine karışarak, uğraşarak dağdan indi.
Hazırlıklı düşman üzerine geldi.
Yatacak yer mi buldun, yurt mu buldun ne oldu sana?

diye seslendi. Kanturalı sıçrayıp uyandı, ayağa kalktı. "Ne söylüyorsun, güzelim?" dedi. "Yiğidim, üzerine düşman geldi. Uyarmak benden, savaşıp hüner göstermek senden," dedi. Kanturalı gözünü açtı, göz kapaklarını kaldırdı. Gelinin at üstünde, zırhlı ve mızrağının elinde olduğunu görünce yeri öptü. "Âmennâ ve saddaknâ[1]. Dileğimiz Hak Teâlâ katında kabul oldu," deyip arı sudan abdest aldı, ak alnını yere koydu, iki rekât namaz kıldı. Atına bindi, adı güzel Muhammed'e salavat getirdi. Kara elbiseli kâfirin üzerine at sürdü, karşısına geldi. Selcan Hatun atını sürdü, Kanturalı'nın önüne geçti. Kanturalı, "Güzelim, nereye gidersin?" diye sordu. Selcan Hatun, "Bey yiğit, baş sağlıklı olunca başlık bulunmaz mı? Bu gelen kâfir, çok acımasızdır. Savaşalım, dövüşelim, ölenimiz ölsün, sağ kalanımız tekrar çadıra gelsin!" dedi. Bu arada Selcan Hatun at sürdü. Hasmına hücum etti. Kaçanı kovalamadı, merhamet dileyeni öldürmedi. Sandı ki düşman tamamen yenildi. Kılıcının sapı kan içinde çadıra geldi, Kanturalı'yı bulamadı.

O sırada Kanturalı'nın babası ve anası çıkageldi. Gelenin kişinin kılıcının kanlı olduğunu, oğullarının da ortada olmadığını görünce haber sordular. Bakalım, nasıl sordular!

Anası şöyle dedi:

Anam kişi, kızım kişi!
Şafak vakti kalkıp geldin.
Oğulu tutturdun mu?

1 İnandık ve onayladık. (haz.n.)

Haberin olmadan güzel başını kestiler mi?
Kadın ana, bey baba diye ağlattın mı?
Sen gelirsin, ama benim bebeğim görünmez, bağrım yanar.
Ağızdan dilden birkaç kelime haber ver bana!
Kara başım kurban olsun, gelin sana!

dedi.

Kız gelenlerin kaynanası ve kayınbabası olduğunu anlayınca kırbacıyla işaret edip "Çadıra inin, nerede inip kalkan toz varsa ve nerede karga kuzgun uçuyorsa orada arayalım," dedi. Atına mahmuz vurdu, yüksek bir yere çıktı, gözledi. Bir derede tozun kâh savrulup kâh toplandığını görünce oraya gitti. Kanturalı'nın atını oklanmış gördü. Kanturalı'yı da göz kapağından oklamışlardı. Yüzünü kan bürümüş, durmadan kan siliyordu. Kâfirler hücum ediyordu. Kanturalı kılıcını kınından çıkarmış, kâfiri önüne almış kovalıyordu. Selcan Hatun bunları görünce içine ateş düştü. Bir bölük kazın arasına şahin girmiş gibi kâfirin üzerine at sürdü. Bir ucundan girip kâfirleri öldürerek diğer ucundan çıktı. Kanturalı, bir kişinin düşmanı önüne katıp kovaladığını gördü. Selcan olduğunu anlamadı, söylendi.

Bakalım efendim, burada ne söylemiş:

Yerinden kalkıp doğrulan yiğit,
Kimsin?
Kara yeleli asil atına binen yiğit,
Kimsin?
Bir vuruşta başlar kesen,
İzinsiz, benim düşmanıma giren yiğit,
Kimsin?
İzinsiz, düşmana girmek bizim elde ayıp olur.
Bre, yürü! Doğan kuşu olup uçayım mı?
Sakalından, boğazından tutayım mı?
Bir vuruşta senin başını ben keseyim mi?
Al kanını yeryüzüne dökeyim mi?

Kara başını eyerimin arkasına asayım mı?
Bre belası gelmiş yiğit,
Kimsin?
Çekilip dön!

dedi.

Selcan Hatun bakalım efendim, burada ne söylemiş:

Hey yiğidim, bey yiğidim!
Develer, yavrusundan vazgeçer mi hiç?
Asil atlar taycığını teper mi hiç?
Ak ağılda ak koyun, kuzucuğunu boynuzlar mı hiç?
Alp yiğitler, bey yiğitler
Güzeline kıyar mı hiç?

"Yiğidim, bey yiğidim, bu düşmanın bir ucu bana, bir ucu sana!" dedi. Kanturalı, bu düşmanı basıp dağıtanın Selcan Hatun olduğunu anladı. Bir taraftan da kendisi girdi, kılıç çekip yürüdü, kâfirin başını kesti. Düşman yenildi ve öldürüldü. Selcan Hatun, Kanturalı'yı atının arkasına aldı, çıktı. Giderken Kanturalı'nın aklına şu geldi:

Selcan Hatun kalkıp doğrulduğunda;
Kara yeleli asil atına bindiğinde;
Bey babamın ak çadırının eşine indiğinde;
Oğuz'un ela gözlü kızı, gelini bir araya geldiğinde;
Herkes sözünü söylediğinde;
Sen orada kalkıp övünürsen,
'Kanturalı perişan oldu.
Atımın arkasına aldım, çıktım.' dersen
Gözüm döner, gönlüm gider, öldürürüm seni!

dedi.

Selcan Hatun durumu anlayıp;

Bey yiğit!
Övünürse erkek övünsün, aslandır.

Kadınların övünmesi boş laftır.
Övünmekle kadın, erkek olmaz.
Renkli yorgan içinde seninle sarmaş dolaş olamadım.
Tatlı dudağını tadıp emişmedim.
Al duvağımın altında söyleşmedim.
Tez sevdin tez usandın adi herif!
Yüce Allah bilir ki ben sana alıştım. Sevdiğim, kıyma bana!

dedi.

Kanturalı, "Yok, seni mutlaka öldürmem lazım," dedi. Kız öfkelendi, "Bre adi herif, alçak oğlu alçak! Ben aşağı kulpa tutunurum, sen yukarı kulpa tutunursun. Bre alçak! Okla mı kılıçla mı? Gel beri, vuruşalım!" dedi. Atını sürdü, yüksek bir yere çıktı. Okluğundan doksan okunu yere döktü. İki okun ucundaki sivri demiri çıkardı. Birini yaya taktı birini eline aldı. Uçlu okla atmaya kıyamadı. "Yiğit, at okunu!" dedi. Kanturalı, "Öncelik kızlarındır, önce sen at!" dedi. Kız, Kanturalı'ya bir ok attı, öyle ki başında olan bit, ayağına indi. Kanturalı öne gelip Selcan Hatun'u kucaklamış, barışmışlar, öpüşmüşler.

Bakalım efendim, Kanturalı ne söylemiş:

Parıl parıl parlayan ince elbiselim,
Yere basmadan yürüyen selvi boylum,
Kar üzerine kan damlamış gibi kızıl yanaklım,
Çift badem sığmayan dar ağızlım,
Ressamların çizdiği kara kaşlım,
Kırk tutam, dalgalı, kara saçlım,
Aslan soylu, sultan kızı
Öldürmeye ben seni kıyar mıydım?
Kendi canıma kıyarım, ben sana kıyamam.
Ben seni deniyordum.

dedi.

Selcan Hatun burada bakalım efendim, ne söylemiş:

Yerimden kalkarak doğrulurdum,
Kara yeleli asil atıma binerdim.
Babamın ak çadırından çıkardım,
Arku Bel'de, Ala Dağ'da avlanırdım.
Alageyik, yabani geyik kovalardım.
Yayı çektiğimde bir okla ne yapmazdım ki!
Yiğit, uçsuz okla seni deniyordum.
Yiğidim, ben seni öldürmeye kıyar mıydım?

dedi.

Uzaktan yakından gelip kucaklaştılar. Gizlice sarılıp koklaştılar. Tatlı damak vererek öpüştüler. Ak boz atlara binerek koşuştular. Bey babasının yanına eriştiler.

Bey babası, oğulcağızını görünce Allah'a şükretti. Kanlı Koca, oğluyla ve geliniyle Oğuz'a girdi. Yeşil renkli güzel çimenlere çadır kurdu. Aygır, erkek deve ve koç kestirdi. Düğün yaptı, heybetli Oğuz beylerini ağırladı. Kanturalı altın işlemeli çadırını kurup gerdeğe girdi ve muradına erişti.

Dedem Korkut gelip saz çaldı, hikâyeler söyledi, deyiş dedi, gazilerin başlarından geçenleri anlattı:

Şimdi hani iyi dediğim erenler,
'Dünya benim' diyenler?
Ecel aldı, yer gizledi.
Fani dünya kime kaldı?
Gelimli gidimli dünya,
Nihayet son noktada ölümlü dünya.

Ecel geldiğinde hakiki imandan ayırmasın,
Hey şeye gücü yeten Tanrı seni namerde muhtaç etmesin!
Allah'ın verdiği umudun kırılmasın!
Ak alnında beş cümle dua ettik. Kabul olsun!
Amin diyenler Tanrı'nın cemaline mazhar olsunlar!
Allah, bir araya getirsin, gayret versin!
Günahlarını adı güzel Muhammed Mustafa'nın şefaatiyle bağışlasın!
Hey efendim!

Kazılık Koca Oğlu Yeğenek'in Hikâyesi

Efendim,

Bir gün Kamgan oğlu Bayındır Han harekete geçti. Ak çadırını yeryüzüne kurdurdu. Renkli gölgeliğini gökyüzüne açtırdı ve bin yeri ipek halılarla döşetti. İç Oğuz beyleri sohbet için toplanmıştı. Herkes yiyip içmekteydi.

Bayındır Han'ın, Kazılık Koca diye bilinen bir veziri vardı. İçtiği şarabın keskinliği başına vurmuştu. Dizlerinin üzerine çökerek akın yapmak için Bayındır Han'dan izin istedi. Bayındır Han da müsaade edip, "Nereye istersen oraya akın et!" dedi.

Kazılık Koca, işinin ehli, gün görmüş bir adamdı. Tecrübeli, iyi adamlarını yanına topladı. Silahlanıp yola çıktılar. Dağlar, tepeler aşıp uzun yol gittiler. Nihayet bir gün, Karadeniz kenarında bulunan Düzmürd Kalesi'ne yaklaşınca orada konakladılar.

Düzmürd Kalesi'nin, Arşın oğlu Direk adında bir tekürü vardı. Bu kâfirin, altmış arşın boyu vardı. Altmış batman ağırlığındaki bir gürzü savurur ve gücü yerinde olduğundan sağlam yay çekerdi. Kazılık Koca, bu tekürün kalesine varır varmaz saldırıya başladı. Bunun üzerine tekür, kaleden dışarı çıktı, savaş alanına geldi ve karşılıklı dövüşmek için meydan okudu. Bunu gören Kazılık Koca, rüzgâr gibi esti ve düşmanına tutkal gibi yapıştı. Tekürün ensesine bir kılıç darbesi indirdiyse de başarılı olamadı. Sıra teküre gelince altmış batman ağırlığındaki gürzüyle Kazılık Koca'yı tepesinin üzerine kaldırıp yere çaldı. Yalan dünya başına dar oldu. Bedeninden oluk oluk kan fışkırdı. Kazılık Koca'yı yaka paça tutup kaleye koydular, askerleri ise bunun üzerine kaçtılar.

Kazılık Koca, tam on altı yıl hisarda tutsak oldu. Daha sonrasında Emen diye anılan biri tarafından altı kez kuşatılsa da hisar alınamadı.

Meğer, Kazılık Koca tutsak edildiği zaman bir yaşında bir oğulcuğu varmış, geçen zamanla beraber, on beş yaşına girmiş yiğit bir delikanlı olmuş. Babasının tutsak edildiğini ondan sakladıkları için babasını ölü olarak biliyordu. O gencin adını Yeğenek koymuşlardı. Günlerden bir gün Yeğenek, beylerle oturmuş sohbet ediyorken Kara Göne'nin oğlu Budak ile uzlaşamadığından birbirleriyle sözlü atıştılar. Bunun üzerine Budak, "Burada laf atıp meydan okuyacağına on altı yıldır tutsak olan babanı gidip kurtarsan ya!" dedi.

Yeğenek, bu söyleneni duyar duymaz yüreği yandı, âdeta sarsıldı. Yerinden kalktı ve Bayındır Han'ın huzuruna varıp saygılarını sundu.

Dedi ki:

Sabahın erken vakti sapa yerde dikilen ak çadırın sahibi,
Mavi ipekten yapılmış gölgeliğin sahibi,
Sürüler çekilince atı yiğit gelen,
Yardım istendiğinde hizmetkârıyla hazır olan;
Yağ yapıldığında kısmeti bol olan,
Darda kalmış yiğidin dayanağı,
Zavallı ve çaresiz kimselerin umudu,
Dicle Nehri'nin aslanı,
Karacık'ın kaplanı,
Uğurlu hükümdar, medet!

Bana asker ver ve beni babamın tutsak edildiği kaleye gönder!"

Han şöyle buyurdu: "Yirmi dört sancak beyi gelsin. Öncelikle Demirkapı Derbendi'ne beylik eden kargısı ve mızrağı ucunda düşmanını böğürten, hasmıyla karşılaştığında 'Kimsin?' diye sormayan Kıyan Selçuk oğlu Deli Dündar da seninle birlikte gelsin. Aygır Gözler Nehri'nden at yüzdüren, elli yedi kalenin anahtarını alan Eylik Koca oğlu Dölek Evren de seninle olsun. Çift burçtan kayın oku şaşmayan Yağrıncı oğlu İlalmış da seninle birlikte olsun. Üç gün düşman görmese üzüntüden kan ağlayan Toğsun oğlu Rüstem, ejderhaların ağzından adam kurtaran Deli Evren, 'Yeryüzünün bir ucundan diğer ucuna gideyim.' diyen Soğan Sarı da seninle gelsin!" dedi.

Oğuz'un yiğit erleri saymakla bitmez. Bayındır Han, cesur yirmi dört sancak beyini Yeğenek'le yola çıkması için görevlendirdi. Beyler, toplanıp hazırlıklarını yaptılar. O gece Yeğenek bir düş gördü. Düşünü yoldaşlarına söyledi.

Görelim efendim neler söylemiş:

Beyler! Ne olacağından habersiz kara başım,
Gözüm uykuya yönelmişken bir düş gördü.
Ela gözlerimi açınca kendimi başka bir dünyada gördüm.
Akıyla bozuyla atlarını koşturan alpler gördüm.
Ak miğferli yiğit alpleri yanıma aldım.
Ak sakallı Dede Korkut'tan öğüt aldım.
Karşıda uzanan kara dağları geçtim.
İleride Karadeniz'e girdim.
Gemi yapıp gömleğimi çıkardım ondan yelken yaptım.
İleri denizi yarıp geçtim.
Ötede kalan kara dağın bir kenarında
Alnı başı nur içinde parıldayan bir yiğit gördüm.
Yerimden doğrulup kalktım.
Kargımı ve has kılıcımı aldım.
Beni karşılayan o yiğide doğru yöneldim.
O yiğidin karşısından saldıracağım sırada

Göz ucuyla ona baktım.
Onu tanıdım Dayım Emen olduğunu anladım.
Dönüp selam verdim.
"Oğuz diyarında kimlerdensin?" dedim.
Gözlerini kaldırıp yüzüme baktı,
"Oğul Yeğenek, nereye gidiyorsun?" deyince

"Babamın tutsak edildiği Düzmürd Kalesi'ne gidiyorum." dedim.

Bunun üzerine dayım bana şöyle dedi:

Ben koştuğumda rüzgâr bile yetişemezdi arkasından yedi atımın,
Yeni Bayır'ın kurtlarına benzerdi yiğit askerlerim;
Yedi kişinin gücüyle gerdirilirdi yayım;
Som altındandı okluğum, kayın dalındandı okum.
Rüzgâr esti, yağmur yağdı, fırtına koptu.
Yedi kez kuşattım, o kaleyi alamayıp geri döndüm.
Benden daha yiğit olacak değilsin,
Yeğenek'im, geri dön!

Yeğenek, dayısına şöyle demiş:

Yerinden kalkıp dikildiğinde,
Ela gözlü bey yiğitlerini yanına almadın.
Adı nam yapan beylerle at koşturmadın.
Beş paralık askerleri kendine
Yoldaş edindiğin için o kaleyi alamadın!

Bunun üzerine dayısı şöyle demiş:

Kese kese yemek için yahni güzeldir;
Koştuğunda aksamayan hızlı at güzeldir;
Devam eden saadet güzeldir;
Bildiğini unutmayan akıl güzeldir;
Hasmından dönüp kaçmayan yiğit güzeldir.

Yeğenek bunu arkadaşlarına anlattı. Meğer dayısı da yakınlarında bir yerdeymiş. Haber alınca tüm beyleriyle birlikte Düzmürd Kalesi'ne ulaşıncaya kadar gittiler. Kaleyi kuşatıp yakınında konakladılar. Bunu gören kâfir askerleri, durumu Tekür Arşın oğlu Direk'e haber verdiler. Kâfir tekür de dışarı çıkıp karşılıklı dövüşmek için meydan okudu. Kıyan Selçuk oğlu Deli Dündar, yerinden kalktı. Altmış tutam mızrağını kavrayarak, "Gidip kâfiri mızrakla indireyim," dedi fakat mızrağını batıramadı, kâfir tekür onu yakalayıp bir darbe indirdi, mızrağını çekip elinden aldı. O altmış batman ağırlığındaki gürzüyle Dündar'ı tepesine kaldırıp sonra yere çaldı. Âdeta dünya başına dar oldu, atını çevirip güçlükle döndü. Dönebilmez Dölek Evren altı kanatlı çomağıyla atını koşturup geldi. Baştan aşağı kâfire sert bir darbe indirdi fakat kaleyi alamadı. Tekür, yaka paça elinden çomağını aldı, gürzüyle ona vurdu. O da atını çevirip geri döndü. Öyle ki yirmi dört sancak beyi tekürün elinden helak oldu. Sonra, taze yiğit Kazılık Koca oğlu Yeğenek, yaratan Allah'a sığındı ve onu güzelce övdü, şöyle ki:

Ey yücelerden yüce olan;
Ve kimsenin mahiyetini bilmediği;
Aziz Tanrı!
Sen bir anadan doğmak,
Ve bir babadan olmaktan uzaksın.
Sen kimsenin rızkını yemez;
Kimseye zorluk etmezsin.
Sen her yerde bir olansın;
Sen ulu olan Allah'sın.
Âdem'e taç giydiren,
Şeytana lanet edip;
Suçundan dolayı onu sürgün eden sensin.
Göklere ok atan Nemrut'a karşı,
Karnı yarık balıkları yollayansın.
Şüphesiz yücelikte sınırın yoktur.
Sen boydan,

Cisimden, atadan uzaksın.
Vurduğu şaşmayan ulu Tanrı!
Gizlice had bildiren Aşikâr Tanrı!
Himayesi altına aldığını
Göklere ulaştıran Güzel Tanrı!
Öfkelendiğini mahveden Kahhar Tanrı!
Birliğine sığındım, ilahım kadir Tanrı'm,
Medet senden!
Kara giysili kâfire karşı at sürebileyim,
İşimi sana havale ettim!

Derhal atını sürdü, rüzgâr gibi esti, tutkal gibi yapıştı. Kâfirin omzuna bir kılıç darbesi indirdi. Elbisesini, derisini parçaladı, vücudunda altı parmak derinliğinde bir delik açtı. Kâfirin kara kanı aktı, sağ çizmesi kanla doldu. Kara başı sıkıldı. Hemen dönüp kalesine kaçtı, Yeğenek ardından yetişip hisar kapısına girmişken kara çelikten has kılıcıyla ensesine öyle bir darbe indirdi ki başı top gibi yere düştü. Ondan sonra Yeğenek, atını askerlere doğru çevirdi. Salıverdikleri Kazılık Koca çıka geldi, olanları görünce, "Bre yiğit beyler! Bu kâfiri kim öldürdü?" diye haber sordu.

Görelim efendim ne söylemişler,

Devenin dişisini yüklü bıraktım;
Doğan erkek midir dişi midir keşke bilsem.
Asil atımın kısrağını yüklü bıraktım;
Doğan aygır mıdır kısrak mıdır keşke bilsem.
Ağıldaki koyunumu yüklü bıraktım;
Doğan koç mudur koyun mudur keşke bilsem.
Ela gözlü güzel eşimi gebe bıraktım;
Doğan erkek midir kız mıdır keşke bilsem.
Bre yiğit beyler Allah aşkına söyleyin bana,
Yaratan Allah aşkına!

deyince, Yeğenek görelim ne söylemiş efendim:

Geride bıraktığın yüklü dişi deven,
Erkek doğurdu.
Geride bıraktığın asil atının kısrağı,
Aygır doğurdu.
Geride bıraktığın yüklü koyunun,
Koç doğurdu.
Gebe bıraktığın ela gözlü güzel eşin,
Bir aslan doğurdu.

Yeğenek, nihayet babasıyla ve diğer heybetli beylerle görüştü. Bir defada beyler, hisara doğru yürüdüler, hisarı alt üst ettiler. Yeğenek, babasıyla hasret giderdi. Tenha yerlerin kurtları gibi söyleştiler. Tanrıya şükrettiler.

Kalenin kilisesini yıkıp yerine bir mescit inşa ettiler. Aziz Tanrı adına hutbe okuttular. Kuşun al kanını, kumaşın durusunu, kızın güzelini, dokuz kat işlemeli süslü elbiseyi, beşte bir payı Bayındır Han'a ayırdılar. Geri kalanını gazilere bağışladılar ve dönüp evlerine geldiler.

Dedem Korkut geldi, nasihatler verdi, manzumeler söyledi.

"Bu Oğuz hikâyesinin adı Yeğenek'in olsun" dedi.

Bir de dua edip kutlayalım efendim:

Uçurumlu kara dağların yıkılmasın!
Gölgelikli ulu ağacın kesilmesin.
Ak sakallı babanın, ak saçlı ananın yeri cennet olsun.
Allah, ahirette hakiki imandan ayırmasın.
Ak alnın için beş kelime dua ettik, kabul olsun.
Allah, günahlarınızı adı güzel Muhammed Mustafa
Yüzü suyu hürmetine bağışasın. Efendim!

Basat'ın Tepegöz'ü Öldürdüğünün Hikâyesi

Efendim,

Bir gün Oğuzlar, bir arada otururlarken düşman saldırısına uğradılar. Gece vakti ürkerek göçmek zorunda kaldılar. Kaçarlarken Aruz Koca'nın oğlu düşmüş, bir aslan tarafından götürülmüştü. Aslan onu besleyip büyüttü.

Aradan zaman geçtikten sonra bir gün Oğuzlar yine bu yere göçüp konakladılar. Bayındır Han'ın at bakıcısı şöyle bir haberle geldi. Seyis, "Hanım! Sazlıktan yürüyüşü insana benzeyen bir aslan çıkıp atları telef ediyor," dedi. Bunun üzerine Aruz, "Hânım! Buradan göçtüğümüz o gece düşen oğlumdur belki." dedi.

Atlarına binen beyler, aslan yatağına geldiler, oğlanı tutup yakaladılar. Aruz, oğlanı alıp evine getirdi. Düğün kurup eğlence düzenlediler, herkes yiyip içti.

Ancak ne kadar uğraştılarsa da tutamadılar ve oğlan geri aslan yatağına döndü. Onu tekrar tutup alıkoydular.

Dedem Korkut geldi, nasihat verip şöyle dedi, "Oğlum, sen insansın. Hayvanlarla dostluk kurma! Gel, güzelce at bin. Yaşıtın olan güzel yiğitlerle koşuştur! Büyük kardeşinin adı Kıyan Selçuk'tur, senin adın da Basat olsun. Adını ben verdim, ömrünü Allah versin." dedi.

Oğuzlar, bir gün yaylaya göçtü. Aruz'un ise Koca Konur oğlu Sarı Çoban diye bilinen bir çobanı vardı. Oğuzların göçü sırasında en önde ondan kimse gidemezdi. Uzunpınar ismiyle meşhur olan bir pınar vardı. O pınara periler yerleşmişti. Bunları gören koyunlar, ansızın korkup ürktüler. Çoban sinirlenip ileri doğru yönelince peri kızlarının kanat kanata uçuştuklarını gördü. Çoban, abasını üzerlerine attı ve bir peri kızını yakaladı. Şehvetine hâkim olamayıp peri kızıyla birleşti. Koyunlar, ürkmeye başlayınca çoban, koyunların önüne doğru koşturdu. Peri kızı kanatlanıp uçtu ve "Bre çoban! Bir yıl tamamlanınca gel, bende bir emanetin var onu al! Fakat bilesin ki Oğuzların başına bir felâket getirmiş oldun." dedi. Çobanın içine bir korku düştü ama peri kızının derdiyle de benzi sararıp soldu.

Bir zaman geçtikten sonra Oğuzlar, yine yaylaya göçtüler ve çoban tekrar bu pınara geldi; yine koyunlar ürktü. Çoban ileriye yönelince yerde bir cenin torbasının parıldayarak yatmakta olduğunu gördü. Peri kızı geldi, "Çoban! Emanetini al! Fakat bil ki Oğuzların başına felâket getirdin." dedi. Çoban bu ibretlik torbayı görünce korktu. Geri dönüp sapanla taş yağmuruna tuttu, vurdukça torba büyümeye başladı. Çoban, torbayı bırakıp kaçmaya başladı, koyunlar da ardından gittiler.

O sırada Bayındır Han da beyleriyle beraber gezintiye çıkmıştı. Bu pınarın başına geldiklerinde, başı arkası belirsiz canlı bir cismin yerde yatmakta olduğunu gördüler. Onu çevrelediler, önce bir kişi sonra diğerleri yavruyu tekmeledi. Tekmeledikçe büyüdü, Aruz Koca bile atından inip tekmelemeye başladı, mahmuzuyla vurdu ve bu torba yarılıp içinden gövdesi insan, başının tepesinde bir göz olan erkek bir çocuk çıktı. Aruz, oğlanı alıp eteğine sardı ve "Hanım, bu çocuğu bana verin. Oğlum Basat'la beraber büyüteyim," dedi. Bayındır Han da "Senin olsun," dedi.

Aruz, Tepegöz'ü alıp evine getirdi. Emretti ve bir bakıcı getirdiler. Kadın, memesini çocuğun ağzına verdi. Oğlan, bir kere emince kadının tüm sütünü aldı, ikinci bir kez daha emince kadının kanını emdi, üçüncüsünde ise canını aldı. Birkaç bakıcı daha getirttiler. Onları da helak etti. Baktılar olmuyor "Sütle besleyelim!" dediler. Günde bir kazan süt içse doymazdı.

Nihayet büyüdü yürümeye, yaşıtlarıyla oynamaya başladı. Ancak bu kez de çocukların birinin burnunu, birinin kulağını yemeye başladı. Sözün kısası, herkes Tepegöz yüzünden zarara uğrayıp sefil oldu. İnsanlar, Aruz'a şikâyet edip bundan yakınmaya başladı. Aruz, Tepegöz'ü dövdü, sövdü, engellemeye çalıştıysa da nafile, işe yaramadı. Sonunda evinden kovdu.

Tepegöz'ün peri anası gelip oğlunun parmağına bir yüzük taktı. "Oğlum! Bundan sonra atılan ok sana batmayacak, tenini kılıç kesmeyecek!" dedi.

Tepegöz, Oğuz'dan ayrıldı ve büyük bir dağın eteğinde yol kesip insanlara zulmeden bir eşkıya oldu. Üzerine birkaç adam yollayıp onu öldürmeye çalıştılarsa da ok atınca attıkları ok, kılıç çalınca vurdukları kılıç tenini kesemedi. Mızraklarla saldırdılar yine başarılı olamadılar. Kim var kim yok bırakmadı insanları yedi. Hatta Oğuz'dan olan insanları da yemeye başladı. Oğuzlar, toplanıp üzerine saldırdılar. Bunu gören Tepegöz, sinirlendi ve bir ağacı yerinden koparıp üzerlerine attı, elli altmış kişiyi birden helak etti. Yiğitlerin başı Kazan'a bile bir darbe indirdi, adamın dünya başına dar geldi. Kazan'ın kardeşi Kara Göne de Tepegöz'ün elinden kurtulamadı. Dozan oğlu Alp Rüstem, Uşun Koca oğlu Seğrek ve daha nice pehlivan şehit oldu. Ayrı kandan iki kardeşi Tepegöz'ün eliyle yerle bir oldu. Demir zırhlı Mamak helak oldu. Bıyığı kanlı Büğdüz Emen, onun tarafından mahvedildi. Ak sakallı Aruz Koca'ya kan kusturdu, oğlu Kıyan Selçuk'un ödü koptu. Oğuzlar, Tepegöz'le baş edemedi, korkarak kaçtılar. Fakat Tepegöz, onların önünü kesip durdurdu. Sözün kısası, Oğuzlar yedi kat korku içinde kaldılar. Tepegöz'den bir türlü kurtulamadılar.

Gidip Dede Korkut'u çağırdılar, ona danışıp akıl aldılar. "Gelin, bir orta yol bulalım." dediler. Dede Korkut'u Tepegöz'e elçi olarak gönderdiler. Gitti, selam verdi. "Oğul Tepegöz! Oğuz senin elinden mağdur durumda, ne yapacağını şaşırdı. Ayağına beni elçi gönderdiler. Sana vergi verelim dediler." dedi. Tepegöz, "Yemem için günde altmış kişi verin!" dedi. Dede Korkut, "Böyle giderse sen insan bırakmaz hepsini tüketirsin. Öyleyse sana günde iki adam ve beş yüz koyun verelim." der demez, Tepegöz, "Peki, öyle olsun! O zaman bana iki adam verin, yemeğimi pişirsinler ben de yiyeyim." dedi.

Dede Korkut, dönüp Oğuz'a geldi. "Yünlü Koca ile Yapağılı Koca'yı Tepegöz'e verin, yemeğini pişirsinler. Kendisi günde iki adam ve beş yüz koyun istedi." dedi. Onlar da razı oldular. Dört oğlu olan birini verdi üçü kaldı, üç oğlu olan birini verip iki evladı kaldı, ikisi olan da birini verdi biri kaldı.

Kapak Kan diye anılan biri vardı. İki oğlu vardı ancak birini verdiği için sadece bir oğlu kalmıştı. Tekrar sıra dönüp ona gelmişti. Çocuğun anası feryat edip ağlamaya başladı. Meğer efendim, Aruz'un oğlu Basat gazaya gitmiş ve bu sıralarda gelmişti. Yaşlı kadın, "Basat şimdi akından geldi. Gideyim, belki olur da esirlerinden birini bana verir ben de oğulcağızımı kurtarırım." dedi.

Basat, altından gölgeliğini dikmiş otururken bir kadının geldiğini gördü. Geldi, içeri girdi ve Basat'ın huzuruna vardı, selam verdi. Ağlayarak,

Avucuna sığmayan uçsuz oklu
Erdebil tekesinin boynuzundan sert yaylı,

İç Oğuz ve Dış Oğuz'da namı belli,
Aruz'un oğlu Basat Bey'im, bana yardım et!

dedi.

Basat, "Ne istersin?" Kadın, "Bu yalancı dünyada bir er ortaya çıktı. Oğuzu yaylağında kondurmadı. Kara çelikten has kılıç savurup baş kesenler, onun kılına bile dokunamadı. Kargı ve mızrağını oyuncak gibi kullanan yiğitler, onunla baş edemedi. Kayından ok atanlar, onu vuramadı. Yiğit alplerin başı Kazan'a dahi bir darbe vurdu, kardeşi Kara Göne onun elinden mağdur oldu. Bıyığı Kanlı Büğdüz Emen aciz kaldı. Ak sakallı baban Aruz'a kan kusturdu. Meydan ortasında kardeşin Kıyan Selçuk ödü patlayıp can verdi. Heybetli Oğuz beylerinden kimini zayıf bırakıp kimini şehit etti. Yedi kez Oğuzları yerlerinden sürdü, kesip biçti. Günde iki adam, beş yüz koyun istedi. Yünlü Koca ile Yapağılı Koca ona hizmetkâr olarak verildi. Dört oğlu olan birini, üç oğlu olan birini, iki oğlu olan birini verdi. İki oğulcağızım vardı, birini verdim biri kaldı. Döndü sıra yine bana geldi. Onu da istiyorlar, efendim bana yardım et!" dedi.

Basat'ın kara gözleri yaşlarla doldu. Kardeşi için söylemiş, görelim efendim ne söylemiş,

Kırk yerde dikilmiş çadırlarını,
O zalim yıkmış olmalı, ah kardeşim!
Hızlı koşan atlarını sürüsünden,
O zalim almış olmalı, ah kardeşim!
Besleyip büyüttüğün develerini sürüsünden,
O zalim ayırmış olmalı ah kardeşim!
Şöleninde kestiğin koyununu,
O zalim telef etmiş olmalı, ah kardeşim!
Güvenle çadırına getirdiğin eşinden,
O zalim seni ayırmış olmalı, ah kardeşim!
Ak sakallı babamı

"Oğul oğul!" diye ağlatan o zalim olmalı, ah kardeşim!
Nur yüzlü ananın bağrını,
O zalim sızlatmış olmalı, ah kardeşim!
Karşıdaki kara dağımın doruğu kardeşim,
Akan güzel nehrimin taşkını kardeşim,
Güçlü belimin kuvveti kardeşim,
Karanlık gözlerimin aydınlığı kardeşim!
Ah bana ki, kardeşimden ayrı düştüm!

diyerek ağlayıp inledi.

O kadına bir esir verdi ve "Git, oğlunu kurtar!" dedi. Kadın, aldığı esiri oğlu yerine verdi bu arada da Aruz'a oğlunun geldiğini müjdeledi. Aruz sevindi, asil Oğuz beyleriyle Basat'ı karşılamaya geldi. Basat, babasının elini öptü, ağlaştılar. Sonra, anasının evine geldi, anası oğulcağızını karşıladı ve onu kucakladı. Basat, anasının elini öptü onunla da ağlaşıp hasret giderdiler. Oğuz beyleri toplandılar, yediler, içtiler.

Basat, "Kardeşimin uğruna Tepegöz'le karşılaşmak istiyorum. Ne buyurursunuz?"dedi. Kazan Bey burada söylemiş, görelim efendim neler söylemiş:

Kara bir ejderha olup çıktı Tepegöz,
Yeryüzünden evirdim çevirdim yenemedim Basat!
Kara bir kaplan olup çıktı Tepegöz,
Kara kara dağlarda kuşattım yenemedim Basat!
Kükreyen bir aslana döndü Tepegöz,
Büyük sazlıklarda etrafını çevirdim yenemedim Basat!
Yiğit de olsan iyi de olsan ben Kazan gibi olmasın sonun Basat!
Gel, ak sakallı babanı ağlatma,
Ak saçlı ananın bağrını sızlatma!

Bunun üzerine Basat, "Elbette gideceğim!" deyince, Kazan, "Sen bilirsin" dedi. Babası ağladı, "Oğlum! Evimi ocağımı sahipsiz bırakma insaf et gitme!" dedi. Basat, "Hayır, ak sakallı aziz babam. Gideceğim!" dedi, durmadı okluğundan bir tutam ok çıkardı beline soktu, kılıcını kuşandı. Yayını koluna geçirip eteklerini kıvırdı. Babasının, anasının elini öptü "Hoşça kalın!" dedi.

Tepegöz'ün bulunduğu Salahane[1] Kayası'na geldi. Tepegöz'ü güneşe arkasını dönmüş yalnız bir vaziyette buldu. Okluğundan bir ok çıkarıp Tepegöz'ün sırtına bir ok fırlattı. Ok tenini delemeden parçalandı. Bir daha attı, o da parçalandı. Tepegöz Kocalar'a, "Bu yer sineği canımızı sıktı." dedi. Basat bir kez daha ok attı o da parçalandı ve bir parçası Tepegöz'ün önüne düştü. Tepegöz sıçradı ve bakınca Basat'ı gördü. Eliyle alkış çalarak kahkahayla güldü. Kocalar'a, "Oğuz'dan bize yine ham bir kuzu gelmiş." dedi. Basat'ı önüne katıp boğazından sallandırdı. Yatağına getirip çizmesinin köşesine soktu, "Bre Kocalar, ikindi vakti bana bunu pişirin de yiyeyim." diyerek tekrar uyudu.

Basat'ın hançeri olduğundan çizmeyi yarıp içinden çıktı. "Bre kocalar! Bu nasıl öldürülür?" dedi. "Bilmeyiz, fakat gözünden başka bir yerinde et yoktur." dediler. Basat, Tepegöz'ün baş ucuna gelip gözüne baktı ve göz kapağını kaldırınca etten olduğunu gördü. "Bre kocalar! Şişi ocağa koyun da kızsın!" dedi. Şişi ocağa bıraktılar, kızdı. Basat kızan şişi eline alarak adı güzel Muhammed'e salavat getirdi ve şişi Tepegöz'ün gözüne öyle bir bastı ki Tepegöz'ün gözü helak oldu. Duyduğu acıdan bir nara kopardı ki haykırışından dağlar taşlar yankılandı. Basat sıçradı ve o etkiyle koyunların arasına, mağaraya düştü.

Tepegöz, Basat'ın mağarada olduğunu anlayınca ayaklarını kapının kenarlarına koydu. "Bre erkek koyun başları bir bir gelin geçin!" dedi. Her geçen koyunun başını sıvazladı. "Toklularım, nimetim sakar koç, gel geç!" dedi. Bir koç yerinden gerinerek kalktı. Basat, hemen koçu tutup kesti, derisini yüzdü. Kuyruğuyla başını deriden ayırmayarak içine girdi ve Tepegöz'ün önüne geldi.

1 Başıboş, serseri. (haz.n.)

Tepegöz de Basat'ın deri içinde olduğunu anladı ve "Bre sakar koç! Benim nasıl alt edileceğimi bildin. Seni şöylece mağara duvarına çakayım da kuyruğunun yağı mağaraya aksın." dedi. Basat, koçun başını Tepegöz'ün eline verdiğinde Tepegöz, boynuzundan sıkıca tuttu ve kaldırınca boynuz derisiyle beraber elinde kaldı. Basat, Tepegöz'ün dikkatsizliğini fırsat bilerek iki bacağı arasından kaçıp gitti.

Tepegöz, boynuzu yere vurdu ve "Bre çocuk! Kurtuldun demek!" dedi. Basat, "Beni Tanrım kurtardı." dedi. Tepegöz, "Bre çocuk! Sol parmağımdaki yüzüğü al ve parmağına tak ki bundan sonra sana kılıç ve ok zarar veremesin!" dedi.

Basat, alıp yüzüğü parmağına geçirdi. Tepegöz, "Bre çocuk! Yüzüğü taktın mı?" dedi. Basat, "Taktım." Tepegöz Basat'ın üzerine ağ attı ve hançerledi, kesti. Sıçrayıp tekrar yere kondu. Yüzüğün hâlâ Tepegöz'ün ayakları altında olduğunu gördü. Tepegöz, "Yine mi kurtuldun?" dedi. Basat, "Tanrım kurtardı." Tepegöz, "Bre oğlan! Şu kümbeti görüyor musun? Orada benim hazinem var. O kocalar almasın diye git onu mühürle!" dedi.

Basat, gördüğünü söyleyerek kümbetin içine girdi ve orada bir yığın altın ve akçe görünce kendini unuttu. Tepegöz, "Kümbete girdin mi?" diye sorunca "Girdim." dedi. Bunun üzerine Tepegöz kümbetin kapısını alarak, "Şöyle bir vurayım da kümbetle beraber darmadağın olasın." dedi. Basat'ın içinden "Lâ ilâhe illallah Muhammedun Resûlullah!" demek geldi ve aniden kümbet yarıldı, yedi yanından kapılar açıldı, birinden dışarıya çıktı. Tepegöz, kümbete elini sokunca kümbet paramparça oldu. Tepegöz, "Bre oğlan! Kurtuldun mu?" diye sorunca Basat, "Tanrım kurtardı." dedi. Tepegöz, "Sana ölüm yokmuş. Şu mağarayı görüyor musun? Orada biri kınında, biri kınsız iki kılıç var. Sadece o kınsız kılıç başımı kesebilir. Git onu getir ve başımı kes!" dedi.

Basat, mağara kapısına gidince kınsız kılıcın yerinde durmadan inip çıkmakta olduğunu gördü. Bunun üzerine "En iyisi bu kılıcı zorla almaya çalışmayayım." deyip kendi kılıcını çıkarıp kınsız kılıca karşı tuttu iki parçaya bölündü. Gidip bir ağaç getirdi kılıca karşı tuttu o da iki parçaya bölündü. Sonra yayını eline alıp okuyla o kılıcın asılmış olduğu zinciri kopardı ve kılıç düşüp yere gömüldü. Kendi kılıcını da kınına sokup diğer kılıcı sapından sıkıca tutup geldi ve "Bre Tepegöz! Nasılsın?" dedi. Tepegöz, "Bre çocuk! Daha ölmedin mi?" deyince Basat, "Tanrım kurtardı" dedi. Tepegöz, "Sana ölüm yokmuş." diyerek bunun üzerine söylemiş, görelim Tepegöz ne söylemiş:

Gözüm gözüm yalnız gözüm,
Sen tek göz ile ben Oğuz'u kırıp geçirmiştim.
Ela tek bir gözden ayırdın yiğit beni!
Kadir olan Allah da tatlı canından ayırsın seni!
Ben bu göz yokluğunun kederini çekiyorum ya
Bu zorluğu hiçbir yiğide vermesin kadir Tanrı!
Kara yerlerden çıkıp gelen yiğit! Neredensin?
Karanlık gece içinde yolunu kaybedersen umudun ne olur?
Bu yüce âlem içinde size kılavuzluk eden önderiniz kimdir?
Savaş gününde öncü yiğit alpiniz kimdir?
Ak sakallı babanın adı nedir?
Yiğit erlerin adını saklaması ayıptır,
Adın nedir ey yiğit? Söyle bana!

Bunun üzerine Basat Tepegöz'e ne söylemiş görelim efendim:

Çıkıp geldiğim yerim, Gün Ortaç'tır.
Karanlık gecede yolumu kaybedersem umudum, Allah'tır.
Bu yüce âlem içinde bize kılavuzluk eden önderimiz, Bayındır Han'dır.
Savaş günü öncü yiğidimiz, Salur oğlu Kazan'dır.
Babamın adımı soracak olursan, o ulu bir ağaçtır,
Anamın adını soracak olursan, kükreyen aslandır.
Benim adımı sorarsan da adım Aruz oğlu Basat'tır.

Tepegöz, "Şimdi kardeş sayılırız, kıyma bana!"dedi. Basat,

Bre alçak! Ak sakallı babamı ağlatmışsın,
Ak saçlı ihtiyar anamın bağrınu sızlatmışsın.
Kardeşim Kıyan'ı öldürmüş,
Nur yüzlü yengemi dul,
Ela gözlü bebeklerini öksüz bırakmışsın.
Kara çelikten has kılıcımı çekmedikçe seni böyle bırakır mıyım?
Börklü kalpaklı başını kesmedikçe,
Al kanını yeryüzüne dökmedikçe,
Kardeşim Kıyan'ın kanını almadıkça seni bırakmam!

Tepegöz de bunun üzerine şöyle demiş:

Kalkıp yerimden doğrulayım diyordum.
Heybetli Oğuz beyleriyle olan sözleşmemi bozayım diyordum.
Yeni doğan evlatlarını yok edeyim,
Bir kez olsun insan etine doyayım diyordum.
Asil Oğuz beyleri üzerime gelsin,
Ben de kaçıp Salahane Kayası'na gideyim,
Ağır mancınık taşlarıyla karşılık vereyim diyordum.
Bir taş düşüp benim başıma insin ben de öleyim diyordum.
Bre yiğit! Bir ela gözümden ayırdın beni,
Kadir Mevla da tatlı canından ayırsın seni!

Tepegöz söylediklerine şöyle devam etmiş:

Ak sakallı ihtiyarları ne çok ağlatmışım,
Ak sakallıların bedduası seni tutmuş olmalı ah gözüm!
Ak saçlı yaşlı anaları ne çok ağlatmışım,
Gözlerinin yaşı seni tutmuş olmalı ah gözüm!
Bıyıkları yeni terlemiş ne çok yiğit yemişim,
Yiğitlikleri seni tutmuş olmalı gözüm!
Elleri kınalı kızcağızları ne çok yemişim,
Onların elleri seni tutmuş olmalı gözüm!
Ey gözüm! Senin kederini öyle bir çekiyorum ki

Bu derdi kadir Mevla'm hiçbir yiğide vermesin!
Gözüm, gözüm, ay gözüm, yalnız gözüm!

Bunun üzerine Basat, sinirlenip yerinden kalktı. Tepegöz'ü deve gibi diz üstü çöktürdü, kendi kılıcıyla boynunu vurup kesti. Yay kirişini başına taktı ve sürüyerek mağara kapısına getirdi. Yünlü Koca ile Yapağılı Koca'yı Oğuz'a müjdeli haberi vermeleri için gönderdi. Akıyla bozuyla atlarına binip yarıştılar, asil Oğuz diyarına haber getirdiler. At ağızlı Aruz Koca'nın evine ulak geldi ve babasına Basat'ın müjdeli haberini verdi. "Müjde! Oğlun Tepegöz'ü alt etti!" dedi.

Heybetli Oğuz beyleri hemen Salahane Kayası'na gittler. Tepegöz'ün başını meydana getirdiler.

Dedem Korkut gelince saz çalıp türkü söyledi, gazi yiğitlerin maceralarını anlattı, Basat'a da dua etti,

Allah, kara dağlara ulaştığında kolay geçiş nasip etsin,
Kanlı kanlı sulardan sana geçit versin!

dedi ve şöyle devam etti,

Kahramanca kardeşinin öcünü aldın;
Heybetli Oğuz beylerini bu beladan kurtardın;
Kadir Allah yüzünü daima ak etsin, Basat!

dedi.

Allah, son nefeste hakiki imandan ayırmasın,
Günahlarınızı adı güzel Muhammed Mustafa hürmetine bağışlasın, efendim.

Beğil Oğlu Emren'in Hikâyesi

Bir gün Kamgan oğlu Bayındır Han, harekete geçti. Ak çadırını yeryüzüne kurdurdu. Renkli gölgeliğini gökyüzüne açtırdı; bin yerde ipek halılarını döşetti. İç Oğuz ve Dış Oğuz beyleri toplanmıştı.

Dokuz tümenlik Gürcistan'ın haracı gelmişti. Bir at, bir kılıç ve bir çomak getirdiler. Bayındır Han, çok gücenmişti. Bunun üzerine Dedem Korkut geldi; saz çalıp türkü söyledi, "Efendim, niçin güceniyorsunuz?" deyince Bayındır Han, "Nasıl gücenmeyeyim? Her yıl altın akçe getirirlerdi, yiğitlere yeniden pay verir; gönüllerini hoş ederdik. Şimdi bunları kime verelim, kimin gönlünü hoş edelim?" dedi. Dede Korkut, "Efendim! Bunların üçünü de bir yiğide verelim, Oğuz diyarının gözcüsü olsun." dedi. Bayındır Han, "Kime verelim?" diyerek sağına soluna baktı kimse razı olmadı. Beğil diye anılan yiğit bir er vardı; ona bakıp "Sen yapabilir misin?" diye sordu; Beğil, kabul etti; kalkıp yer öptü; saygılarını sundu.

Dedem Korkut, himmet kılıcını beline bağlayıp çomağı omuzuna bıraktı ve yayı koluna geçirdi. Hızlı koşan atını alıp sırtına bindi. Akrabalarını, boyunu alıp çadırını çözdü; Oğuz'dan göç etti. Berde'ye Gence'ye varıp o diyarları kendine vatan tuttu. Dokuz tümenlik Gürcistan girişine giderek orada konakladı, karakolluk hizmetinde bulundu. Yabancı kâfir gelecek olsa, başını keserek Oğuz'a armağan olarak yollardı.

Beğil, yılda bir kez Bayındır Han'ın huzuruna giderdi. Günlerden bir gün, Bayındır Han'dan ulak geldi, "Tez gelesin!" buyruğunu iletti. Akabinde Beğil, varıp hediyeler sundu; Bayındır Han'ın elini öptü. Han, Beğil'i karşıladı. Ona iyi at, güzel kaftan ve bolca harçlık verdi. Onu üç gün boyunca ağırladı ve "Üç gün de Beğil'i av etiyle ağırlayalım, beyler!" dedi.

Av için gerekli hazırlıklar yapıldı. Kimi atını övüyor; kimi kılıcını, kimi de çekip ok atmasını övüyordu. Salur Kazan ise ne atını ne kendini övdü. Ama beylerin hünerini söyledi.

Üç yüz altmış altı yiğit alp, ava çıksa; kanlı bir geyik üzerine yarışacak olsalar Beğil, ne yay çeker ne ok atardı. Hemen yayı bileğinden çıkarıp boğanın, geyiğin boynuna atlardı; çekip kaldırırdı. Av zayıf olursa, belli olsun diye kulağını delerdi. Ama besili olursa, avını boğazlardı. Ava çıkan beyler, bir geyik avlasalar; kulağının delik olduğunu gördüklerinde, "Bu Beğil'in kazancıdır." diyerek onu Beğil'e gönderirlerdi.

Kazan Bey, "Bu hüner atın mıdır, onu süren yiğidin midir?" diye sorunca "Yiğidindir efendim!" dediler. Han, "Yok, at iyi gitmese yiğit övünemez. Bu hüner atın olmalı." dedi. Bu söz, Beğil'in hoşuna gitmedi. Beğil, "Yiğit alpler içinde bizi atımızım kuşağından balçığa batırdın!" dedi. Bayındır Han'ın verdiği bahşişi önüne yığdı; hana küsüp divanından çıktı. Atını getirdiler. Ela gözlü yiğitlerini alıp evine geldi. Yavrucakları, onu karşılamaya gelince üzüntüsünden onları bile okşamadı. Ak yüzlü eşine derdini anlatmadı. Eşi bu durumda bakalım ne söylemiş:

Altın tahtımın sahibi yiğit beyim!
Göz açınca gördüğüm,

Gönül verip sevdiğim.
Ela gözlü yiğitlerini yanına aldın,
Yerinden kalkıp geldin.
Arku Beli Ala Dağ'ı geceleyin aşıp
Coşkun akan güzel suyu geçtin.
Ak alınlı Bayındır Han'ın divanına
Gece vakti ulaştın, beylerle yiyip içtin.
Boydakiler birbirlerine sert sözler mi söyledi?
Garip başın kavganın arasında mı kaldı?
Hani, Efendim iyi cins atın yok,
Alnında altın miğferin, sırtında cübben yok?
Ela gözlü bebeklerini okşamıyor,
Ak yüzlü güzel eşinle konuşmuyorsun.
Bu halinin sebebi nedir?

Bunun üzerine Beğil söylemiş, görelim efendim ne söylemiş:

Yerimden kalktığım gibi geldim.
Kara yeleli asil atımın sırtına binip
Arku Beli Kara Dağlar'ı gece vakti aştım,
Coşkun akan güzel suyu geçtim.
Ak alınlı Bayındır Han'ın huzuruna derhal vardım.
Ela gözlü beylerle yiyip içtim,
Boydakileri birbirleriyle hoş bir halde gördüm.
Ancak hanımızın bizden yüz çevirdiğini gördüm.
Halkımızla göçelim;
Dokuz Tümenlik Gürcistan'a gidelim!
Bundan sonra bilinsin ki Oğuz'a âsi oldum!

Eşi, "Yiğidim, yiğit beyim! Padişahlar, Tanrı'nın gölgesidir. Padişahına isyan edenin, işi rast gitmez. Duru gönül paslansa onu şarap temizler. Sen gittiğinden beri hanımız, karşıda yatan Ala dağlarında avlanmadı. Ava çık ki gönlün açılsın." dedi.

Beğil, eşinin söylediklerini makul buldu. Cins atını çekip sırtına bindi; ava gitti. Av avlayıp dolaşırken önüne yaralı bir geyik çıktı. Beğil, atını ona doğru sürdü. Yay kirişini boynuna attı. Hayvanın canı yanmıştı, kendisini yüksek bir yerden attı. Beğil, at dizginine hâkim olamayıp uçurumdan düştü. Sağ uyluğu bir kayaya çarpıp kırıldı.

Beğil, ağaya kalktı ve ağlayarak "Ne büyük bir kardeşim ne de büyük bir oğlum var!" dedi. Hemen bileğinden bir bez çıkarıp atının terkilerini tutup kopardı. Kaftanının altından ayağını sıkıca sardı. Olanca kuvvetiyle atının yelesine yapıştı. Avcılardan uzaklaşmıştı. Tülbendi boğazına geçmiş bir halde ordusunun yakınına geldi.

Oğulcağızı Emren Bahadır, babasını karşıladı. Benzinin sarardığını, tülbendin boğazına dolandığını görünce arkadaşlarını sordu. Oğlan, burada söylemiş; bakalım efendim ne söylemiş:

Yerinden doğrulduğun gibi kalkıp geldin,
Kara yeleli asil atının sırtına bindin.
Karşıda yatan Ala Dağlar eteğinde ava çıktın.
Acaba yolda kâfirlerle mi karşılaştın?
Ela gözlü yiğitlerini mi kaybettin?
Ağzınla dilinle birkaç kelime söyle bana ne olur!
Kara başım kurban olsun sana!

Beğil, oğluna cevap verdi, görelim efendim ne söyledi:

Oğul, oğul ay oğul!
Yerimden doğrulduğum gibi kalkıp geldim.
Kara Dağlar'ın önünde ava çıktım,
Kara giysili kâfirle karşılaşmadım.
Ela gözlü yiğitlerimi kaybetmedim.
Sağdır esendir yiğitlerim.

Oğul! Sen tasalanma, üç gündür rahatım yok. At üzerinden al beni, döşeğime götür." dedi. Aslan yavrusu da aslandır, çocuk babasını at üzerinden kavradığı gibi tutup yatağına götürdü, cübbesini üzerine örttü ve kapısını kapattı. Ondan sonra yiğitler, avın bozulduğunu görünce evli evine gitti.

Beğil, beş gün boyunca divana çıkmadı, ayağının kırıldığını da kimseye söylemedi. Bir gece yatağında şiddetle inleyince eşi, "Yiğit beyim! Kalabalık halde düşman üzerine gelse dönmez, ayağına ok değse inlemezdin. İnsan koynunda yattığı eşine, derdini anlatmaz mı? Söyle nedir bu halin?" dedi.

Beğil, "Güzelim! Attan düştüm, ayağım kırıldı." deyince eşi, kaygıyla ellerini birbirine vurdu; durumu kölesine söyledi o da kapıcıya söyledi. Ağızdan çıkan bu sır, "Beğil attan düşmüş, ayağı kırılmış." diye bütün obaya yayıldı.

Meğer orada kâfirin bir casusu varmış. Bu haberi duyunca gidip teküre haber verdi. Tekür,

Yerinizden doğrulup kalkın!
Yattığı yerden Beğil Bey'i tutup alın!
Ak ellerini kollarından bağlayın,
Bir vuruşta o güzel başını kesin!
Al kanını yeryüzüne akıtın!
Yerini yurdunu yağmalayın,
Kızını, gelinini esir alın!

dedi.

Meğer Beğil'in de casusu orada hazır bulunuyormuş. Beğil'e durumu haber etti, "Düşman üzerinize saldıracak, hazırlığınızı yapın!" dedi. Beğil yukarı doğru baktı, "Gökler uzak, yer sert" dedi.

Oğlunun yanına gelerek söylemiş; görelim efendim neler söylemiş,

Oğul, oğul ay oğul!
Karanlık gözlerimin aydınlığı oğul,

Güçlü belimin kuvveti oğul,
Gör bak sonunda neler oldu;
Neler geldi benim başıma!

dedi ve sözlerine şöyle devam etti:

Yerimden doğrulduğum gibi geldim oğul,
Boynu kırılası al atımın sırtına bindim;
Av avlarken kuş kuşlayıp gezerken,
Atım kendinden geçip sıçradı; beni yere düşürdü.
Sağ uyluğum kırıldı.
Benim kara başıma neler geldi öyle!
Kara kara dağlardan haber aşmış;
Coşkun akan sulardan haber geçmiş;
Demirkapı Derbendi'nden haber gelmiş.
Alaca atlı Kral Şökli pek öfkelenmiş.
Öfkesinden Kara Dağlar dumanlanmış.
"Yattığı yerde Beğil Bey'i tutun!" demiş.
"Kollarından ak ellerini bağlayın!" demiş.
"Kızıl çadırlı obasını yağmalayın!" demiş.
"Ak yüzlü kızını, gelinini esir alın!" demiş.
Hey oğlum! Yerinden kalkıp harekete geç!
Kara yeleli asil atının sırtına bin;
Karşıda yatan Ala Dağ'ı gece vakti aş;
Ak alınlı Bayındır Han'ın huzuruna var;
Bayındır'a içten bir selam ver;
Beyler beyi Kazan'ın elini öp!
"Ak sakallı babam kederli,
Sadece ve sadece Kazan Bey bana koşsun dedi." de!
"Gelmezsen memleket yıkılıp harap olur,
Kızım, gelinim esir edilir; bunu iyice anla, dedi." de!

Bunun üzerine çocuk, babasına şöyle demiş, görelim efendim neler söylemiş:

Ne diyorsun sen baba?
Bağrımı, yüreğimi nasıl da parçalıyorsun?

Yerimden kalkıp çok harekete geçmişimdir;
Kara yeleli asil atıma çok binmişimdir;
Ama Arku Beli Ala Dağ'ı aşamam;
Ak alınlı Bayındır'ın huzuruna gitmem;
Kazan da kim oluyor? Onun elini öpmem!
Altındaki aygırını bana ver,
Kan ter içinde koşturayım senin için!
Sırtı pek sağlam demir zırhını bana ver,
Senin için kol, yaka diktireyim!
Kara çelikten has kılıcını bana ver,
Bir vuruşta başlar keseyim senin için!
Kargı dalı mızrağını bana ver,
Düşmana göğsünden batırayım senin için!
Delip geçen ak telekli okunu bana ver,
Bir erden diğerine geçirteyim okları senin için!
Ela gözlü üç yüz yiğidini bana ver,
Muhammed'in dini yolunda savaşayım senin için!

Beğil, "Ağzına kurban olayım, oğul! Belki beni, geçmiş günleri anmaya sevk etmezsin!" dedi ve "Hey, benim giysilerimi getirin oğlum giysin. Al atımı getirin oğlum binsin. Ahali huzursuz olmadan oğlum meydana çıksın!" dedi.

Oğlanı donattılar. Anasıyla babasıyla vedalaştı, ellerini öptü. Üç yüz yiğit verildi, uğurlandı. Al aygır ne zaman ki düşmanın kokusunu alsa ayağını yere vururdu; tozu göklere çıkardı. Kâfirler, "Bu at Beğil'in atı; biz baş edemeyiz, kaçıyoruz!" dediklerinde, tekür, "Bre, düzgün bakın! Bu gelen gerçekten de Beğil ise ben sizden önce kaçarım!" dedi. Gözcü gözleyince Beğil'in atı üzerinde olmadığını fakat kuş gibi bir çocuğun atı sürmekte olduğunu gördü. Derhal teküre haber verdiler. "At, silah ve miğfer Beğil'in ancak içindeki Beğil değil." dediler. Tekür, "Yüz adam seçin, gürültü yaparak çocuğu korkutun! Çocuk, kuş yüreklidir; mücadeleyi bırakıp kaçacaktır." dedi. Yüz kâfir seçildi; oğlanın üzerine geldiler.

Burada kâfirler, oğlana şöyle söylemişler, görelim ne söylemişler:

Oğlan, oğlan ey oğlan,
Zinadan olma oğlan;
Altında al atı olan zayıf oğlan;
Kara çelikten has kılıcı kör oğlan,
Elindeki mızrağı kırık oğlan;
Ak kabzalı yayı çentikli oğlan;
Okluğundaki doksan oku ince oğlan,
Yanındaki yoldaşları çıplak oğlan;
Kara gözleri gücünü yitirmiş oğlan;
Kral Şökli sana çok kızdı.
"Meydandaki şu oğlanı tutun,
Kollarından ak ellerini bağlayın,
Bir vuruşta o güzel başını kesin,
Al kanını yeryüzüne akıtın." dedi.
Ak sakallı baban varsa gel ağlatma;
Ak saçlı anan varsa gel yüreğini sızlatma!
Tek başına olan yiğit, kahraman olamaz,
Ot dibi sağlam olmaz!
Başına bela dayanmış, alçağın oğlu alçak,
Haydi git buradan!

Bunun üzerine, oğlan da burada şöyle söylemiş; görelim ne söylemiş:

Saçma sapan konuşma köpeğim kâfir!
Bindiğim al atımı ne diye beğenmiyorsun?
Seni görünce oynamaya başladı.
Üzerimdeki zırhım tam bana göre omuzumu sıkıştırır;
Kara çelikten has kılıcım senin kınını doğrar.
Kargı dalı mızrağımın nesini beğenmedin?
Mızrağım, göğsünü delip geçer; göğe uzanarak parlar.
Ak tozlu sert yayımı öyle bir çekerim ki inim inim inler.
Okluktaki okum sivriliğinden yuvasını deler.
Yanımdaki yiğit askerlerim savaşmak için can atar.

Yiğit adama korku salmak ayıptır.
Beri gel, bre kâfir gel de dövüşelim!

Kâfir, "Oğuz'un arsızı Türkmen'in delisine benzer, şuna bakın!" dedi.

Tekür, "Gidin sorun, çocuk Beğil'in nesi oluyor?" dedi. Kâfir gelip, çocukla konuşmuş, görelim ne söylemiş:

Altındaki al aygırı biliriz,
Beğil'indir; peki Beğil nerde?
Kara çelikten has kılıcın,
Beğil'indir ya Beğil nerde?
Üzerindeki zırhın,
Beğil'indir; o zaman Beğil nerde?
Yanındaki askerler,
Beğil'indir; öyleyse Beğil nerde?
Eğer Beğil buradaysa,
Geceye kadar savaşsaydık;
Ak tozlu sert yaylarımızla boy ölçüşseydik;
Delip geçen ak telekli oklarımızı atışsaydık;
Söyle bakalım çocuk! Sen Beğil'in nesi oluyorsun?

Beğil'in oğlu burada karşılık vermiş görelim efendim neler söylemiş:

Bre kâfir! Sen beni bilmez misin?
Ak alınlı Bayındır Han'ın beyler beyi,
Salur Kazan'ın kardeşi ulak gönderdi.
Dönebilmez Dölek Evren,
Dozan oğlu Alp Rüstem,
Aklı Bozlu Atlı Beyrek Bey,
Beğil'in evinde içiyorlardı.
Senin diyarından casusumuz geldi
Ve Beğil beni altındaki al aygırına bindirip;
Kara çelikten has kılıcının gücünü verdi.
Kargı dalı mızrağını yardımcı olarak verdi.
Üç yüz yiğit askerini bana yoldaş verdi.

Ben Beğil'in oğluyum.
Bre kâfir, öne çık da dövüşelim!

Kâfir tekür, "Haydi davran kılıcına alçağın oğlu, sana geliyorum!" dedi ve altı kanatlı gürzünü eline aldı. Baştan aşağı çocuğa sert bir darbe indirdi, kalkanını parçaladı. Miğferini ezdi gözlerini es geçti. Ama oğlanı alamadı. Gürzle dövüştüler; kara çelikten has kılıçlarını tokuşturdular. Bir orada bir burada karşılıklı kılıç salladılar. Omuzları parçalandı, kılıçları köreldi; ancak yine de birbirlerini yenemediler. Kargı dalı mızraklarla mücadele ettiler, orta yerde boğalar gibi dövüştüler. Göğüsleri delindi, mızrakları kırıldı, yine birbirlerini alt edemediler. At üstünde her ikisi de birbirini kavrayıp alt etmeye çalıştı. Kâfirin gücü fazla olduğundan çocuk harap oldu. Yüce Allah'a yalvarıp şöyle söyledi, görelim ne söyledi:

Ey yüce Tanrı, sen yücelerden yücesin!
Kimse mahiyetini bilemez güzel Tanrı!
Sen Âdem'e taç giydirdin;
Şeytanı lanetleyip,
Suçundan dolayı dergâhından sürdün;
İbrahim'i kâfirlere tutsak ettin;
Ham deriye doladın;
Götürüp ateşe attırdın;
Sonrasında ateşi ona gülistan kıldın.
Birliğine sığındım,
Ey sahibim aziz Allah, bana medet!

Kâfir, "Bre çocuk! Korkunca Tanrı'na mı yalvarmaya başladın? Senin bir Tanrın varsa benim yetmiş iki tane mabedim var." dedi. Oğlan, "Ey lanetli isyankâr! Sen putlarına yalvarırsın, ben ise âlemleri yoktan var eden Allah'ıma sığınırım." dedi.

Bunun üzerine Yüce Allah, Cebrail'e şöyle buyurdu: "Ey Cebrail! Git! Şu kuluma kırk yiğit kuvveti kadar güç verdim." Oğlan, kâfiri alıp yere düşürdü. Burnundan kanı oluk oluk aktı. Bir hamlede kâfirin boğazını bir şahin gibi eliyle tuttu. Kâfir, "Dur yiğit! Aman! Sizin dininiz nedir? Dininize girdim." dedi. Parmağını kaldırıp şehadet getirdi, Müslüman oldu. Geri kalan kâfirler, bunu görünce meydanı bırakıp kaçtılar. Akıncılar, kâfirlerin yerini yurdunu yağmalayıp kızlarını, gelinlerini esir aldılar.

Oğlan, babasına müjdeci gönderdi. "Düşmanı yendim." dedi. Ak sakallı babası, karşılamaya çıktı; oğlunun boynuna sarıldı, evlerine döndüler.

Oğluna, karşıda yatan Kara Dağ'dan bir yaylak, at sürüsünden hızlı koşan bir tavla verdi. Ak yüzlü oğluna, ak koyun kesip şölen düzenledi. Ela gözlü oğluna, al duvaklı gelin aldı; ak alınlı Bayındır Han'a da ganimetten hisse ayırdı.

Oğlunu alıp Bayındır Han'ın huzuruna vardı, elini öptü. Padişah, Kazan oğlu Uruz'un sağ yanına oturması için yer gösterdi, ona cübbe, kaftan ve güzel elbiseler verip ihsanlarda bulundu.

Dedem Korkut gelip saz çalıp türkü söyledi, bu Oğuzname'yi tanzim etti ve adı "Beğil oğlu Emren olsun!" dedi. Gazilerin başından geçen maceraları anlattı.

Bir de dua edip kutlayalım efendim:

Yüksek Kara Dağlar'ın yıkılmasın;
Gölge veren ulu ağacın kesilmesin;
Allah, verdiği umudunu sizden almasın!
Adı güzel Muhammed hürmetine günahlarınızı bağışlasın, efendim!

Uşun Koca Oğlu Seğrek'in Hikâyesi

Oğuz zamanında, Uşun Koca diye anılan biri vardı. Ömrü boyunca iki oğlu olmuştu. Büyük oğlunun adı Eğrek idi. Delikanlı, yiğit ve cesur biriydi. Bayındır Han'ın divanına ne zaman istese gidip gelirdi. Beylerbeyi Kazan'ın divanında da onun için ne kapı ne baca vardı. Beyler, otururlarken aniden gelir Kazan Bey'in önünde otururdu; kimse umurunda olmazdı.

Bir gün, yine bu şekilde beylerin arasına izinsizce oturunca Ters Uzamış diye anılan Oğuz'un bir yiğidi, "Hey, Uşun Koca'nın oğlu! Burada oturan beylerin her biri, oturduğu yerin hakkını kılıcıyla ekmeğiyle vermişken sen kan mı döktün, aç mı doyurdun, çıplak mı giydirdin de burada oturuyorsun?" dedi. Eğrek, "Bre Ters Uzamış! Baş kesip kan dökmek hüner midir?" deyince Ters Uzamış, "Tabii ki. Hünerdir elbet." dedi. Ters Uzamış'ın bu sözleri, Eğrek'in aklını başına getirdi; gidip Bayındır Han'a akın yapmak istediğini söyledi. O da müsaade edince çağırdılar, akıncılar toplandı. Üç yüz mızraklı yiğit, Eğrek'in etrafında toplandı.

Meyhanede beş gün boyunca yenildi, içildi. Ondan sonra Şerügüz sınırından Gökçe Deniz'e kadar şehirleri yağmaladı. Ganimete doydular. Sonrasında yolları Alınca Kalesi'ne düştü. Kara Tekür orada bir koru yaptırmıştı.

Uçan kazlar, tavuklar, gezen geyikler, tavşanlarla bu avluyu doldurup böylelikle Oğuz yiğitlerine tuzak kurmuştu. Uşun Koca oğlunun yolu da buraya düşmüştü. Korunun kapısını parçaladılar. Yabani geyik, kaz, tavuk ne varsa kesip yediler, içtiler. Atlarının eyerlerini kaldırdılar, elbiselerini çıkardılar.

Meğer orada olan Kara Tekür'ün casusu bu olanları görmüş gidip teküre, "Oğuz'dan bir bölük atlı geldi. Korunun kapısını kırdılar. Atlarının eyerini alıp giysilerini çıkardılar. Daha ne duruyorsunuz bre?" dedi. Altı yüz kara giysili kâfir, bu yiğitlerin üzerine saldırıp onları kırıp geçirdi. Eğrek'i tutup Alınca Kalesi'nin zindanına koydular.

Kara kara dağları aşan, coşkun akan suları geçen bu haber, Oğuz diyarına ulaştı. Uşun Koca'nın ak çadırdan evinin önünde matem feryatları koptu. Kaz gibi beyaz gelini, kızı ak giysilerini çıkardı, karalar bağladı. Uşun Koca, "Oğul, oğul!" diyerek nur yüzlü karısıyla ağlaştı.

İnsan olsun hayvan olsun, kaburgası olan elbet bir gün büyür. Gel zaman git zaman, Uşun Koca'nın küçük oğlu Seğrek de cesur, yiğit bir delikanlı olup çıktı. Bir gün yolu bir düğün derneğe düştü. Oturdular, yiyip içtiler.

Seğrek, sarhoş olmuştu. Dışarı ayak yoluna gitmek için çıkınca öksüz bir çocukla başka bir çocuğun çekiştiğini gördü. "Ne oluyorsunuz be!" deyip bir ona bir diğerine tokat attı. Eski giysilerin biti, öksüz çocuğun dili acı olur derler. Aralarından biri, "Bre bizim öksüzlüğümüz yetmez mi, neden vuruyorsun bize? Hünerin varsa git de Alınca Kalesi'ndeki esir kardeşini kurtar!" dedi. Seğrek, "Bre çocuk! Söyle kardeşimin adı nedir?" dedi. Çocuk, "Eğrek'tir." deyince Seğrek,

Öyle ya Eğrek'e Seğrek yakışır!
Kardeşim sağmış demek,
Artık tasalanmak yok bana.

Kardeşim olmadan Oğuz'da duramam böyle!
Ah, karanlık gözlerimin aydınlığı kardeşim!

diyerek ağladı. İçerideki sohbete katıldı ve müsaade istedi, "Beyler, hoşça kalın!" dedi. Atını çektiler; bindi, hızla gitti. Babasının evine geldi; atından inip babasının ağzını aradı. Seğrek, burada söylemiş görelim ne söylemiş.

Yerimden kalktığım gibi geldim baba!
Kara yeleli asil atımın sırtına bindim
Karşıda yatan Ala Dağ'ın eteğine vardım.
Heybetli Oğuz beylerinin diyarında dernek varmış, oraya gittim.
Yemekler yenildiği sırada aklı bozlu atlı bir ulak geldi.
Uzun zaman önce Eğrek diye anılan tutsak bir yiğit varmış.
Kadir Tanrı yol vermiş; çıkıp gelmiş.
Büyük küçük herkes o yiğidi karşılamaya gitti.
Ben de gideyim mi baba, ne dersin?

Babası burada şöyle cevap vermiş. Görelim efendim, ne söylemiş:

Ağzın için öleyim oğul,
Dilin için can vereyim oğul!
Karşıda yatan Kara Dağ'ın yıkılmıştı,
Yüceliğine kavuştu sonunda.
Coşkun akan güzel nehrinin suyu çekilmişti,
Çağlayıp akmaya başladı sonunda.
Ulu ağacındaki dallar budaklar kırılmıştı,
Yeşerip göklere durdu sonunda.
Asil Oğuz beylerinin izni varsa; sen de durma git!
O yiğide ulaştığında aklı bozlu atının üzerinden in,
Ellerini birleştirip o yiğide selam ver,
Elini öpüp boynuna sarıl!
"Kara Dağ'ımın doruğu kardeşim" de!
Ne diye durursun oğlum, koş!

Bunun üzerine oğlan babasına şöyle demiş. Görelim, ne söylemiş:

Ağzın kurusun baba!
Dilin çürüsün baba!
Benim kendi kardeşim varmış duramam böyle
Kardeşim olmadan, Oğuz'da kalamam!
Baba hakkı Tanrı hakkı olmasaydı;
Kara çelikten has kılıcımla,
Bir vuruşta o güzel başını kesseydim;
Al kanını yeryüzüne akıtsaydım.
Baba, sen ne zalimsin baba!

Babası, "Yanlış haberdir oğlum! Belki giden senin ağabeyin değil bir başkasıdır. Gel ak sakallı babanı ağlatma, yaşlanmış ananın yüreğini sızlatma." dedi.

Oğlan burada şöyle demiş:

Üç yüz altmış altı yiğit ava gitse;
Kanlı geyik üzerine kavga çıksa;
Kardeşi olan yiğitler, birbirini kollayarak harekete geçer.
Kardeşi olmayan zavallı bir yiğit ise ensesine yumruk atılsa;
Ela gözlerinden acı yaşlar dökmeye başlar.
Ela gözlü oğlunuzu tekrar görünceye kadar
Selametle kalın, beybaba hatun ana!

Ana babası, "Yanlış haberdir, gitme oğlum." dediler. Oğlan, "Beni yolumdan ayırmayın! Ağabeyimin tutulduğu kaleye varmadıkça; onun ölüsünü dirisini bilmedikçe; öldüyse de intikamını almadıkça; ulu Oğuz diyarına geleceğim yok!" dedi.

Anası babası ağlaşıp Kazan Bey'e birini gönderdiler. "Oğlumuz, kardeşinin başına gelenleri öğrendi; peşinden gidiyor. Bize ne yapmamızı tavsiye edersin?" dediler. Kazan, "Ayağına at bağını bağlayın." dedi. Sevdiği vardı; hemen düğün dernek yaptılar. Atın aygırından, devenin erkeğinden, koyunun koçundan kestiler; oğlanı gelin çadırına koydular.

Oğlan, kızla bir döşeğe uzandı; kılıcını çıkarıp kızla kendi arasına bıraktı. Kız, "Kılıcını kaldır aradan yiğit! Muradımıza erelim, gel sarılalım." dedi. Oğlan, "Bre alçağın kızı! Ağabeyimin yüzünü görmedikçe; ölmüşse intikamını almadıkça; seninle birlikte olursam oğlum olmasın; olursa on yaşına ermesin; okum bana saplansın; kılıcım beni paramparça etsin." dedi.

Ayağa kalktı, tavladan hızlı koşan bir at çıkardı, eyerini taktı. Giysilerini giydi, dizliğini, kolluğunu taktı ve kıza, "Beni bir yıl bekle, bir yılda gelmezsem iki yıl bekle, iki yılda gelmezsem üç yıl bekle, eğer yine gelmezsem o zaman beni öldü say! Aygır atımı kesip benim adıma matem yemeğimi ver. Gözün kimi tutarsa; gönlün kimi severse; ona var!" dedi.

Kız bunun üzerine şöyle söylemiş, görelim efendim neler söylemiş:

Yiğidim! Ben seni bir yıl beklerim.
Bir yılda gelmezsen iki yıl beklerim.
İki yılda gelmezsen üç dört yıl daha beklerim.
Dört yılda gelmezsen beş altı yıl beklerim.
Altı yol ayrımında çadır diker,
Gelen geçenden haber sorarım.
Hayırlı haber alırsam, haberi getirene elbise ve at verir;
Kaftanlar giydiririm.
Kötü haber getirenin başını keserim.
Erkek sineği üzerime kondurmam.
Şimdi dileğimi gerçekleştir, ondan sonra git yiğidim!

Oğlan, "Bre alçağın kızı! Ağabeyimin başına yemin ettim, dönmem yolumdan." dedi.

Kız, "Kayınbabama kaynanama söyleyeyim de ayağı uğursuz gelin diyene kadar utanmaz gelin desinler." dedi.

Sonra sözlerine şöyle devam etmiş:

Babamdan daha iyi olan kayınbaba,
Anamdan daha iyi olan kaynana!
Bilin ki develerinizin erkeği ürkmüş gidiyor;
Deveciler önünü tutmuş yolundan döndüremez.
Ahırdaki aygırınız ürkmüş, gidiyor;
Seyisler önünü tutmuş, yolundan döndüremez.
Ağıldaki koçlarınız ürkmüş, gidiyor;
Çoban önünü tutsa da yolundan döndüremez.
Ela gözlü oğlunuz, kardeşinden bahsedip gidiyor;
Ak yüzlü gelininiz durduramaz.
Haberiniz olsun!

"Gitme oğul!" diye ana baba birlikte ahlanmaya başlayıp yerlerinden kalktılar. Baktılar çaresi yok, Seğrek, "Tabii ki ağabeyimin tutulduğu kaleye varmadan rahat edemem," deyince anası ve babası "Koş git oğul, yolun açık olsun! Dönmek nasipse sağ ve selâmetle gidip gelesin!" dediler. Anasının babasının elini öptü; asil atına atladı, gitti.

Geceli gündüzlü üç gün yol kat etti. Dere Şam sınırından geçti, kardeşinin tutulduğu koruya geldi. Seyislerin, kısrakları otlattıklarını gördü. Kılıcını çekip altı kâfiri öldürdü. Davul çalarak kısrakları ürküttü, getirip koruya koydu. Gece gündüz üç gün boyunca at koşturmuş bu yiğidin, kara gözlerine uyku çökmüştü. Yiğit, atının yularını bileğine bağlayıp uyudu.

Meğer orada kâfirlerin bir casusu bulunuyormuş. Gelip teküre, "Oğuz'dan bir delikanlı geldi, seyisleri öldürüp kısrakları aldı; koruya koydu." dedi. Tekür, "Silahlı altmış adam seçin, gidip getirsinler," dedi. Altmış silahlı adam seçtiler. Demir zırhlı kâfirin altmışı birden oğlanın üzerine gittiler. Zırhların gıcırtısından, at seslerinden meğer delikanlı tehlikeyi sezmiş atına biniyormuş. Efendim, atın kulağı uyanık olur, tehlikeyi fark edince yularını çekip delikanlıyı uyardı. Seğrek, bir alay atlının gelmekte olduğunu görünce atladı atına ve adı güzel Muhammed'e salavat getirdi. Kara giysili kâfire karşı kılıç çaldı. Basıp kaleye geri kaçtılar. Seğrek, yine uykusunu yenemeyip yerine döndü, atının yularını bileğine bağlayıp uyudu.

Sağ kalan kâfirler, kaçıp teküre geldiler. Tekür, "Tü suratınıza! Altmış kişi bir adamı yakalayamadınız!" dedi. Bu kez, yüz kâfir askerini oğlanın üzerine gönderdiler. At tekrar huylandı ve oğlanı uyardı. Bir alay askerin gelmekte olduğunu görünce atına bindi ve adı güzel Muhammed'e salavat getirip askerlere saldırdı. Onları da kılıçtan geçirdi, kalanları kaçırttı. Atını döndürüp yerine dönünce uykusunu yenemeyip tekrar uyudu; atının yularını bileğine geçirdi ancak bu kez at, yularını oğlanın bileğinden kurtarıp kaçtı. Askerler, tekrar teküre geldiler. Tekür, "Bu defa üç yüz kişi gidin!" dedi. Askerler, "Gidemeyiz, kökümüzü kazır; hepimizi kırar geçirir." dediler. Tekür, "Öyleyse nasıl yapalım? Gidin, o tutsak adamı çıkarıp getirin, at verin elbise verin. Tekmeleyenin hakkından boynuzlayan gelir." dedi.

Askerler, Eğrek'e gelip "Bre yiğit, tekür seni bağışladı. Şurada bir deli yiğit, yolcunun, geçenin, çobanın, çoluk çocuğun ekmeğini elinden alıyor. Gidip o deli adamı yakalayıp öldür; seni serbest bırakalım, haydi git!" dediler. Eğrek, "Peki, tamam!" dedi. Eğrek'i zindandan çıkardılar. Saçını sakalını kesip bir at, bir kılıç verdiler; yanına da üç yüz kâfir askeri koydular. Oğlanın olduğu yere doğru gidince kâfir askerleri, tekrar aynı yerde durdular. Eğrek, "Hani nerde o delikanlı?" dedi. Uzaktan yerini gösterdiler. Eğrek, "Haydi gidelim de yakalayalım!" dedi. Kâfir askerleri, "Tekür sana emretti, sen git!" dediler. Eğrek, "İşte uyuyor, gidelim!" deyince askerler, "Ne uyuması! Kolunun altından bakıyor, kalkar yine ovayı başımıza dar eder!" dediler. Eğrek, "Öyleyse ben gidip elini ayağını bağlayayım, sonra gelirsiniz." dedi. Askerler arasından çıkıp gitti. Atını sürdü; delikanlının üzerine gitti. Atından indi ve yularını bir dala bağladı. Bakınca dolunay gibi güzel, ela gözlü genç bir yiğidin, samanları yığıp üzerinde, gelip gidenden haberi olmadan uyumakta olduğunu gördü. Dolanıp baş ucuna geldi. Belinde bir kopuzu olduğunu gördü ve çıkarıp eline aldı.

Bunun üzerine kendince şöyle söylemiş, görelim efendim ne söylemiş:

Kalkıp yerinde duran yiğit;
Kara yeleli asil atının sırtına binen yiğit;
Arku Beli Ala Dağ'ı geceleyin aşan yiğit;
Coşkun akan güzel suyu yarıp geçen yiğit;
Yabancı yere gelen insan uyur mu?
Benimki gibi ak ellerini bağlatıp,
Domuz ahırında yatar mı?
Ak sakallı babasını, ak saçlı anasını,
Ağlatıp sızlatır mı?
Nasıl uyursun be yiğit?
Böyle dikkatsiz olma, o güzel başını kaldır yiğit;
Ela gözünü aç yiğit!
Kadir Tanrı'nın verdiği tatlı canını uyku sarmış;
Kendini yakalatıp kollarını, ellerini bağlatma!
Ak sakallı babanı yaşlı ananı ağlatma!
Ulu Oğuz diyarından gelen yiğit, kimsin?
Yaratanın hakkı için kalk,
Dört bir yanını kâfir askerleri kuşatmış anlasana!

Oğlan, birdenbire sıçrayarak yerinden kalktı. Kılıcının sapına yapışıp tam vuracakken karşısındakinin elinde kopuz olduğunu gördü ve "Bre kâfir, Dedem Korkut'un kopuzu hürmetine vurmadım sana. Eğer kopuz elinde olmasaydı, ağabeyimim başı için seni iki parçaya bölerdim." dedi, çekip kopuzu elinden aldı.

Oğlan, sözlerine nasıl devam etmiş görelim efendim. Şöyle ki,

Sabahım alaca karanlığında kardeşim için yerimden kalktım.
Aklı bozlu atları, kardeşim için koşturup yordum.
Kalenizde tutsağınız var mı?
Söyle, kara başım kurban olsun kâfir sana!

deyince ağabeyi Eğrek burada neler söylemiş; görelim efendim. Şöyle ki,

Ağzın için öleyim kardeşim,
Dilin için can vereyim kardeşim!
Sana soracak olsam, çıkıp geldiğin yer neresidir?
Karanlık gecede yolunu kaybetsen umudun nedir?
Bu yüce âlem içinde size kılavuzluk eden önderiniz kimdir?
Savaş vakti öncü yiğit alpiniz kimdir?
Yiğidim baban kimdir?
Yiğit adamın yiğitten adını sakınması ayıptır,
Adın nedir yiğit?

dedi ve sözlerine şöyle devam etti:

Develerim güdüldüğünde çoban sen misin?
Asil atım güdüldüğünde seyisim sen misin?
Ağıl hayvanlarım güdüldüğünde başındaki çobanım sen misin?
İçimden bir ses konuşur durur sen arkamda bıraktığım vekilim misin?
Beşikteyken bırakıp gittiğim kardeşim misin?
Söyle bana yiğit,
Kara başım kurban olsun sana!

Seğrek bunun üzerine ağabeyine cevap verdi:

Çıkıp geldiğim yerim Gün Ortaç,
Karanlık gecede yolumu şaşırsam, umudum Allah,
Bu yüce âlemde bize kılavuzluk eden önderimiz Bayındır Han,

Savaş günü öncü yiğidimiz Salur Kazan'dır.
Babamın adını sorarsan, adı Uşun Koca,
Benimki Seğrek,
Bir kardeşim varmış onun da adı Eğrek.

ve devam etti:

Develerin güldüğünde çobanın benim,
Asil atın güdüldüğünde seyisinim,
Beşikte bırakıp gittiğin kardeşin benim.

Ağabeyi Eğrek burada ne söylemiş; görelim efendim. Şöyle ki:

Ağzın için öleyim kardeşim,
Dilin için can vereyim kardeşim!
Yiğit mi oldun er mi oldun kardeşim,
Yabancı diyarlardaki kardeşini almaya mı geldin kardeşim?

İki kardeş kalkıp kucaklaştı, hasret giderdi. Eğrek, küçük kardeşinin boynunu öptü, Seğrek, ağabeyinin elini öptü. Karşıdan bakan kâfir askerleri, kucaklaştıklarını görünce "Güreşiyorlar mı acaba? Umalım da bizimki yensin." dediler. İki kardeş, asil atlarına bindi; kara giysili kâfire karşı atlarını sürdüler; kılıçlarını salladılar. Kâfiri kırıp geçirdiler, kaleye kaçırttılar. Yine gelip o koruya girdiler; kısrakları dışarı çıkarıp davul vurup önlerine kattılar. Sonra yol alıp Dere Şam Nehri'ni yarıp geçtiler. Gece boyu yol gidip Oğuz'un sınırına ulaştılar.

Eli kanlı kâfirlerden, kardeşini kurtarıp aldı. Ak sakallı babasına müjdeci gönderdi, "Babam beni karşılasın." dedi. Uşun Koca'ya ulak geldi, "Müjde! Gözün aydın! Oğullarının ikisi de sağ salim döndüler." dedi. Koca, bunu duyunca çok mutlu oldu. Gümbür gümbür davullar çalındı, altın boruların sesi yükseldi. O gün alacalı dua çadırları dikildi. Atın aygırından, devenin erkeğinden, koyunun koçundan kesildi. Koca Bey, oğullarını karşılamaya geldi. Attan inip onları kucakladı, hasret giderdi. "Nasılsınız, iyi misiniz oğullarım?" dedi. Altın gölgelikli çadırlarına geldiler. Yiyip içip hoşça vakit geçirdiler. Büyük oğluna da güzel bir gelin aldılar. İki kardeş birbirine sağdıç oldu. Her biri gelin evlerine girdiler; muratlarına erdiler. Dedem Korkut geldi, nasihatler verdi, manzumeler söyledi:

Önünde sonunda uzun ömrün bir ucu da ölümdür.
Ölüm vakti geldiğinde Allah, hakiki imandan ayırmasın!
Günahlarınızı Muhammed Mustafa'nın
Yüzü suyu hürmetine bağışlasın;
Amin diyenler ahirette Allah'ın cemalini görsün, efendim!

Salur Kazan'ın Tutsak Edildiğinin ve Oğlu Uruz Tarafından Kurtarıldığının Hikâyesi

Meğer efendim, bir gün Trabzon tekürü, beyler beyi Kazan Han'a bir şahin göndermişti. Bir gece yiyip içip otururlarken şahincibaşına, "Şahinci! Sabah şahinleri al, tek başımıza ava çıkalım!" dedi.

Erkenden atlarına binip av yerine gittiler. Bir sürü kazın olduğunu gördüler. Kazan, şahini üzerlerine saldı ama yakalayamadı. Şahin, kanatlanıp uçtu. Şahinin, Toman'ın Kalesi'ne indiğini gördüler. Kazan Bey, çok üzüldü ve şahinin peşine düştü. Dere tepe aşıp kâfirlerin diyarına geldi. Yolculuk sırasında, Kazan'ın kara gözlerini uyku bastı. Beyler, "Efendim, dönelim artık." deyince, Kazan, "Biraz daha ileri gidelim." dedi. Ancak Kazan, küçük ölüm olan uykudan kendini alamayıp uyudu. Oğuz beyleri uyudu mu yedi gün boyunca uyurmuş, bu yüzden uykuya "küçük ölüm" derlerdi.

Meğer o gün, Toman'ın Kalesi'nin tekürü de ava çıkmış. Casusu gelip "Bir bölük atlı geldi içindeki beyleri de yatıp uyudu." deyince tekür, adamlarını yollayıp "Kim olduğunu öğrenin!" diye emretti. Adamlar, gelenlerin Oğuz askerleri olduğunu anladılar ve gelip teküre haber verdiler. Bunun üzerine tekür, askerlerini topladı erlerin üzerine gitti. Kazan'ın beyleri düşmanın geldiğini görünce "Kazan'ı bırakır gidersek erler bizi öldürür, iyisi mi burada kalıp ölelim." dediler. Kâfirlerin karşısına çıkıp savaştılar. Orada Kazan'ın yirmi beş beyini şehit ettiler. Kazan'ın üzerine gelip uyuduğu yerde tutup elini ayağını sıkıca bağladılar, bir arabaya yüklediler. Arabaya da sağlam bir iple sardılar. Çekip gittiler.

Yolda giderken arabanın gıcırtısından Kazan, gerinerek uyandı. Elindeki ipleri kopardı, kalkıp oturdu. Eliyle alkış çalarak kahkahayla güldü. Kâfirler, "Ne gülüyorsun öyle?" dedi. Kazan, "Bre kâfirler, bu arabayı beşiğim sizi de tombul dadım sandım." dedi. Nihayet Kazanı getirip Toman'ın Kalesi'nde bir kuyuya koydular. Kuyunun ağzına da bir değirmen taşı koydular. Yemeğini suyunu bu taşın deliğinden veriyorlardı.

Bir gün tekürün karısı, "Bunca adama darbe indiren şu Kazan'ı gidip bir göreyim nasıl biriymiş." dedi. Kadın gelip bekçiye kapıyı açtırdı ve seslenerek "Nasılsın Kazan Bey? Yer altında mı yaşamak güzel yeryüzünde mi? Şimdi ne yer ne içersin neye binersin?" dedi. Kazan, "Ölülerine yemek verdiğin zaman onlara verdiğin yemeği ellerinden alıp üstlerine biniyorum, yaşlılarınızı da yedekte tutuyorum." dedi. Tekürün karısı, "İnandığın dinin aşkına Kazan Bey! Yedi yaşında bir kızcağızım öldü, lütfen onun üzerine binme!" dedi. Kazan, "Ölülerinizde ondan rahatı yok, hep ona biniyorum." dedi. Kadın, "Senin elinden ne yeryüzündeki dirimiz ne yer dibindeki ölümüz kurtuluyor!" dedi ve gelip teküre, "Gel bağışla, lütfen o Tatar'ı kuyudan çıkar! Yer altında bile kızcağızıma, diğer ölülerimize eziyet ediyormuş. Onlara verdiğimiz yemekleri, ellerinden alıp yiyormuş. Onun elinden, ne dirimiz ne ölümüz kurtuluyor. Dinin aşkına o adamı kuyudan çıkar!" dedi. Tekür, beylerini topladı ve "Gidin Kazan'ı kuyudan çıkarın. Şart koşun bir daha diyarımıza düşmanlık etmeye gelmesin. Bizi övsün Oğuz'a sövsün!" dedi.

Gidip Kazan'ı kuyudan çıkarıp getirdiler "Bir daha diyarımıza düşmanlığa gelmeyeceğine ant iç! Bizi öv Oğuz'a söv, seni bırakalım git!" dediler. Kazan, "Allah'a yemin olsun ki doğru yol varken eğri yoldan gidemem!" deyince "Gerçekten de Kazan ciddi bir yemin etti. Kazan Bey! Şimdi de bizi övmeye başla!" dediler. Kazan, "Ben yeryüzündeyken kimseyi övmem. Bir adam getirin, üzerine bineyim o zaman överim sizi." dedi. Gittiler uzun bir kâfir getirdiler. "Bir eyer bir gem" dedi getirdiler. Kâfirin adamın sırtına eyer vurdu ağzına gemini taktı. Bağını çekip arkasına bindi. Topuklarını birbirine vurdu, kaburgasını karnına yapıştırdı. Gemini çekince ağzı yarıldı, kâfiri öldürdü. Çöküp üzerine oturdu ve "Bre kâfirler, kopuzumu getirin sizi öveyim!" dedi. Gidip kopuzunu getirdiler.

Sazını eline alıp söylemeye başlamış görelim efendim neler söylemiş.

On bin düşman askeri görünce bunlar benim oyuncağım dedim.
Yirmi bin düşman askeri görünce kaçmadım.
Otuz bin düşman askeri görünce çöp yerine saydım.
Kırk bin düşman askeri görünce göz ucuyla bile bakmadım.
Elli bin düşman askeri görünce teslim olmadım.
Altmış bin düşman askeri görünce eteklerim tutuşmadı.
Seksen bin düşman askeri görünce ürpermedim.
Doksan bin düşman askeri görünce silahlanmadım.
Yüz bin düşman askeri görünce yüzümü dönüp kaçmadım,
Yüzü körelmeyen kılıcımı elime aldım,
Muhammed'in dini aşkına kılıç salladım.
Ak meydanda yuvarlak başı tamamen kestim.
O zaman bile "Yiğit biriyim, beyim!" diye övünmedim.
Övünen adamları da hoş görmedim.
Bre kâfir! Eline girmişken öldür beni!
Kara kılıcını boynuma salla kes başımı!
Kılıcından sakındığım yok.

Ben kendi aslımı kökümü inkâr etmem.
Oğuz yiğitleri dururken seni öveceğim yok!

Kazan, sözlerine şöyle devam etmiş:

Yüksek kara dağlardan taş yuvarlansa;
İri topuğum ve uyluğumla karşılık veren Kazan Bey idim ben.
Firavun kazıklar yüklenip yerden çıkacak olsa;
İri topuğumla o kazıkların ucunu ezen Kazan Bey idim.
Büyük büyük beyler kavga edecek olsa;
Kamçımı şaklatıp kavgayı bastıran Kazan Bey idim.
Yüce dağlar dumanlansa;
Kara sisler, zorlu fırtınalar kopsa;
Asil atımın kulağı görünmez olsa,
Başka yiğitler kılavuzsuz yolunu şaşırsa da
Kılavuzsuz yol giden Kazan Bey idim.
Yedi başlı ejderhaya karşı gidince;
Heybetinden sol gözüm yaşarınca;
"Hey gözüm, korkak gözüm, alçak gözüm!
Bir yılandan ne diye korktun?" dedim.
O zaman bile "Yiğit adamım, beyim!" diye övünmedim.
Eline geçirmişken öldür beni bre kâfir!
Sal kılıcını! Kılıcından korkum sakındığım yok!
Kendi aslımı kökümü terk ettiğim falan yok!
Oğuz yiğitleri dururken seni öveceğim yok!

Kazan burada bir daha söylemiş:

Büyük denizin kenarındaki kuzey kırında,
Yüksek yerlerde yapılan bir kâfir şehri vardı.
Su dibinde takla atarak dönen yalıçapkınlarının,
Denizin sağında solunda çırpınırdı yelpaze ayakları.
Su kıyısında "Tanrı benim!" diye çağrışan asileri,
Güzelliğini ortaya koyup arkasıyla çağıran kızı, gelini,
Altın aşık oynayan Sancıda'nın beyleri
Olan kaleyi, Oğuzlar altı kez kuşattı ama alamadı.
Ben Kazan, altı baş komutanımla gittim,

Altı güne bırakmadan aldım kaleyi.
Kilisesini yıkıp yerine mescit yaptım, ezan okuttum.
Kızını, gelinini ak göğsümde oynattım,
Beylerini köle yaptım.
O zaman bile "Yiğit adamım, beyim!" diye övünmedim,
Kendiyle övünen adamları da hoş görmedim.
İşte! Eline geçirmişken öldür beni bre kâfir!
Kılıcından çekindiğim yok.
Kendi aslımı özümü bıraktığım yok!
Oğuz yiğitleri dururken seni öveceğimi sanma!

Kazan, yine söylemeye devam etti:

Kuzey kırından döndürdüğüm senin babandı bre kâfir!
Bedenini arzuladığım, senin kızın, gelinindi.
Akça Kale Sürmeli'de at koşturdum.
At ile Karun diyarına akın ettim.
Ak Hisar Kalesi'nin duvarını yıktım.
Ak akçe getirdiler, değersizdir dedim.
Kızıl altın getirdiler, bakırdır dedim.
Ela gözlü kızlarını gelinlerini getirdiler beğenmedim.
Kiliselerini yıktım, mescit yaptım.
Altınlarını gümüşlerini yağmalattım.
O zaman bile "Yiğit adamım, beyim." diye övünmedim.
Kendilerini övenleri de hoş görmedim.
Bre kâfir! Eline geçirmişken öldür beni!
Kendi aslımı özümü reddetmem!
Oğuz yiğitleri dururken seni övmem!

Kazan Bey burada bir kez daha şöyle söylemiş:

Ak Kaya'nın erkek kaplanında köküm var;
Kuzey kırındaki geyiklerinizin gezip tozmasına izin vermesin!
Ak Saz'ın aslanında bir köküm var;
Alaca at kısrağınızın doğmasına izin vermesin!
Azılı kurdun erkek yavrusunda köküm var;
Akça renkli binlerce koyununuzun gezmesine izin vermesin!

Akdoğan kuşunun erkeğinde köküm var;
Alacalı ördeğinizin ve kara kazınızın uçmasına izin vermesin!
Ulu Oğuz diyarında Uruz adında bir oğlum,
Kara Göne adında bir kardeşim var;
Senden doğacakları yaşatmayacaklar.
Bre kâfir, eline geçirmişken öldür beni!
Kılıcından çekindiğim yok!
Kendi aslım, kendi köküm dururken seni öveceğim falan yok!
Oğuz yiğitleri dururken seni övmem!

Kazan, içindekileri bir daha dile getirdi:

İt gibi havlayan,
Küçük domuzlarla ziyafet veren,
Bir torba saman yatağın efendisi,
Yarım kerpiçten yastığı,
Tanrısını kendisi ağaçtan yontan,
Köpeğim kâfir!
Oğuz karşımdayken seni öveceğim yok!
Öldüreceksen öldür beni bre kâfir,
Kadir Tanrı korur da beni öldüremezsen ben seni öldürürüm!

Kâfirler, "Bunun bizi öveceği yok gelin öldürelim şunu!" dediler. Kâfirlerin ileri gelenleri toplandılar, "Bunun oğlu, kardeşi var bunu öldürsek bize zararı olabilir. Öldürmeyelim!" dediler ve getirip domuz ahırında hapsettiler.

Atın ayağı çabuk, ozanın dili kıvrak olur derler. Böylece Kazan'ın, ölü mü diri mi olduğunu kimse bilemedi.

Kazan'ın oğlu, büyüyüp yiğit gibi bir delikanlı oldu. Bir gün atına binip divana gelirken bir kişi: "Sen Kazan Bey'in oğlu değil misin?" deyince Uruz öfkelendi ve "Bre alçak! Benim babam Bayındır Han değil mi?" deyince adam, "Yok o ananın babası ve senin deden oluyor." dedi. Uruz: "O zaman benim babam öldü mü yoksa yaşıyor mu?" dedi. Adam, "Yaşıyor. Toman'ın Kalesi'nde esir."

dedi. Böyle deyince oğlan, ağlayıp mahzunlaştı. Atını geri döndürüp gitti. Anasına geldi.

Burada söylemiş görelim efendim neler söylemiş.

Ana! Ben Bayındır Han'ın oğlu değilmişim;
Kazan Bey'in oğluymuşum.
Bre alçağın kızı! Bunu bana neden söylemedin?
Ana hakkı Tanrı hakkı olmasaydı;
Kara çelikten has kılıcıma davranıp
Hemen o güzel başını keser,
Al kanını yeryüzüne akıtırdım!

Anası ağlayarak, "Evet oğlum, baban yaşıyor ama söylemeye korktum, kâfirlere gidip kendini incitir; helak olursun diye sana söyleyemedim canım oğlum! Ama amcana haber ver gelsin bakalım o ne düşünüyor." dedi.

Birini gönderip amcasını çağırttı. Amcası gelince Uruz, "Ben babamın tutulduğu kaleye gidiyorum." dedi. Anlaşıp danıştılar tüm beylere haber salındı "Uruz babasını kurtarmaya gidecek, silahlanıp gelin!" dediler. Askerler toplandı, Alp Uruz çadırlarını açtırıp cephanesini yüklettirdi. Kara Göne komutan oldu. Boru sesleri yükseldi, göçüp yola koyuldular.

Yol üzerinde kâfirin Ayasofya'sı vardı, başında keşişler bekliyordu. Gayet sarp yerde bir kiliseydi. Askerler, atlarından inip tüccar kıyafetlerini giydiler. Ticaret yapıyorlarmış gibi katırlarını develerini çektiler. Kâfirler, gelenlerin tüccara benzemediğini anlayınca kaçıp kaleye girdiler, kapılarını kapattılar. Kale duvarlarına çıkıp "Kimsiniz?" dediler. "Tüccarız." dediklerinde kâfirler, "Yalan söylüyorsunuz!" deyip taşa tuttular. Uruz atından indi "Babamın altın kadehinden şarap içen, beni seven atından insin. Bunların kapısına bir gürz vurup yıkalım!" dedi. On altı yiğit atından inip kalkan yaptılar, gürzlerini omuzlarına takıp kapıya dayandılar. Birer gürz vurunca kapı parçalandı. İçeri girdiler ve kâfirleri kırıp geçirdiler.

Bunu gören bir çoban, kaçıp tekürlerine kalenin ve Ayasofya'nın ele geçirildiğini haber verdi. "Burada ne oturuyorsunuz? Düşman saldırısına uğradık. Hemen silahlanın!" dedi. Tekür, komutanlarını topladı, "Barışı nasıl sağlayabiliriz?" dedi. Komutanlar, "Barış ancak Kazan'ı çıkarıp bunlara verirsek sağlanabilir!" dediler. Gidip Kazan'ı çıkardılar, tekürün önüne getirdiler. Tekür, "Kazan Bey! Düşman saldırısına uğradık. Bu düşmanlardan bizi kurtarırsan seni serbest bırakırız. Sen de bir daha diyarımıza düşmanlığa gelmeyeceğine yemin et, böylelikle sana haraç öder, itaat ederiz." dedi. Kazan, "Allah'a yemin olsun ki doğru yol varken eğri yoldan gitmem!" deyince kâfirler, "Kazan, sağlam bir yemin etti." diyerek sevindiler. Tekür, askerlerini toplayıp savaş alanına gitti, savaş çadırlarını diktirdi. Kâfir askerleri, Kazan'ın üzerine toplandı. Kazana giyilecek kıyafet, kılıç, mızrak, çomak ve çeşitli silahlar getirip donattılar.

Bu sırada Oğuz askerleri alay alay geldi, gümbür gümbür davullar çalındı. Kazan, askerlerin önünde akıyla bozuyla atı, ak sancaklı sağlam zırhlı bir yiğidin Oğuzların önünde gelip çadırını diktiğini gördü. Onun arkasından Kara Göne geldi o da diğeri gibi savaş düzenine girdi. Bunun üzerine Kazan, atını sürüp savaş meydanına girdi ve birebir dövüşmek için meydan okudu. Boz atlı Beyrek atını sürüp öne çıktı.

Kazan burada neler söylemiş görelim efendim neler demiş.

Yerinden doğrulduğun gibi karşımda duran yiğit,
Kimsin?
Üzerinde sağlam zırh giyinen yiğit,
Kimsin?
Söyle bana, adın nedir yiğidim?!

Bunun üzerine Beyrek, burada söylemiş görelim ne söylemiş.

Bre kâfir, sen beni nasıl tanımazsın?
Barasar'ın Bayburt Hisarı'ndan parlayıp uçan,
Sevdiğini düşman alacakken kendisi tutup kurtaran,
Bay Bora Han oğlu Bamsı Beyrek derler bana!
Öne çık kâfir, dövüşelim.

Kazan bir daha konuştu:

Bre yiğit! Bu askerlerin önünde,
Al sancaklı bir alay geldi,
Bir yiğit çadırını öne dikti.
Akıyla bozuyla atına binen o yiğit
Kimdir, kimin nesidir?
Başının hatırına söyle bana yiğit!

Beyrek, "Bre kâfir! Kim olacak beyimiz Kazan'ın oğludur." Kazan, gönlünden, "Hamdolsun Allah'ım! Benim oğulcağızım büyük bir yiğit olmuş." dedi. Beyrek, "Bre kâfir! Neden bir onu bir bunu soruyorsun bana?" deyip Kazan'ın üstüne atını sürdü. Altı kanatlı gürzünü eline alıp Kazan'a vurdu. Kazan, kendini tanıtmadan Beyrek'i bileğinden kavradı, çekip çomağını elinden aldı. Beyrek'in ensesine bir çomak vurdu. Beyrek, atının boynuna kapaklandı, geri döndü.

Bunu gören Eylik Koca oğlu Dönebilmez Dölek Evren meydana girdi. Kazan burada şöyle söyledi:

Alaca karanlıkta yerinden kalkan yiğit,
Kimsin?
İyi cins atını sürüp gelen yiğit,
Kimsin?
Yiğidin yiğitten adını saklaması yakışık almaz.
Söyle bana adın nedir?

Dölek Evren,

Bre kâfir! Benim adımı nasıl bilmezsin?
Kâfirleri itler arasında bırakıp küçük gören,
Yurdundan çıkıp
Elli yedi kalenin anahtarını alan
Eylik Koca oğlu Dönebilmez Dölek Evren derler bana!

deyip mızrağını eline aldı ve savurdu. Kazan'a saplamak istedi, saplayamadı, es geçti. Kazan atını sürüp elinden mızrağını aldı tepesine bir darbe indirdi, parçalandı. "Bre alçağın oğlu! Beyine söyle de o gelsin!" dedi. O da geri döndü.

Kazan yine meydan okudu. Dozan oğlu Alp Rüstem atını ileri sürdü, meydana girdi. Kazan burada yine neler söyledi görelim. Şöyle ki:

Yerinden doğrulduğu gibi karşıma gelen,
Asil atının sırtına binen yiğit,
Kimsin?
Söyle bana, adın nedir?

Alp Rüstem:

Yerimden kalktığı gibi karşına duran,
İki kardeşini bebekken kaybedip rezillik içinde gezen,
Dozan oğlu Alp Rüstem derler bana!

O da Kazan'a doğru atını sürdü. "Canını alacağım!" dedi, alamadı. Kazan Bey ona da bir darbe indirdi. "Bre alçak! Git de beyin gelsin!" dedi. O da geri döndü.

Kazan, tekrar meydan okudu. Uruz'un atının gemini, amcası Kara Göne tutuyordu. Çekti, ansızın elinden aldı. Kılıcını kavradı babasının üzerine atını sürdü. Kılıcına davranmasına izin vermeden üzerine kılıcını indirdi, elbisesini kesti. Omuzunda dört parmak kadar bir delik açtı. Al kanı akıp göğsüne indi. Uruz tekrar hamle yapmak için dönünce, Kazan seslenerek oğluyla konuşmaya başlamış görelim efendim neler söylemiş.

Kara dağımın doruğu oğul
Karanlık gözlerimin aydınlığı oğul!
Yiğidimsin Uruz, aslanımsın Uruz!
Ak sakallı babana kıyma oğul!

Uruz'un şefkat damarları sevgiyle kaynadı, kara gözleri yaşlarla doldu. Atından inip babasının elini öptü. Kazan da yere inip oğlunun boynunu öptü. Beyler, Kazan ve oğlunun yanına doğru atlarını sürdüler, etraflarını çevreleyip atlarından indiler, hepsi gelip Kazan'ın elini öptü.

Sonra kâfirlerin üzerine yürüyüp kılıçlarını savurdular. Dereler, tepeler kâfir ölüleriyle doldu. Kaleyi alıp kilisesini mescit yaptılar. Uruz, eli kanlı kâfirlerin elinden babasını kurtarmış oldu. Ulu Oğuz diyarına gelip nur yüzlü anasına müjdeci gönderdi. Kaz gibi alımlı kızı, gelini Kazan'ı karşılamaya gelip elini öptüler, ayaklarına kapandılar. Kazan, güzel çimenlerin üzerine görkemli çadırını diktirdi. Yedi gün boyunca yenildi içildi, düğün dernek yapıldı.

Dedem Korkut gelip kopuzunu çaldı, gazi erenlerin başlarına neler geldiğini anlattı:

Hani övdüğümüz yiğitler,
Dünya benim diyenler?
Ecel canlarını aldı yer bedenlerini örttü.
Fani dünya kime kaldı?
Gelenin gittiği dünya, son ucu ölümlü dünya!
Son nefeste Allah hakiki imandan ayırmasın!
Kadir Tanrı seni alçaklara muhtaç etmesin!
Biz beş kelime dua ettik, Allah da kabul etsin!

Amin, amin diyenler ahirette Allah'ın cemalini görsün.
Allah, adı güzel Muhammed Mustafa
Hürmetine günahlarınızı bağışlasın, efendim!

Dış Oğuz'un İç Oğuz'a İsyan Ettiğinin ve Beyrek'in Öldüğünün Hikâyesi

Kazan Bey, Üçok ve Bozokları ne zaman toplansalar evini yağmalatırdı. Yine böyle bir zamanda tekrar Kazan'ın evi yağmalandı. Ancak bu kez yağmalayanlar arasında Dış Oğuzlar yoktu, ganimet alanlar sadece İç Oğuzlardı.

Ne vakit ki Kazan'ın evi yağmalansa Kazan, karısının elini tutar dışarı çıkardı, gelenler ondan sonra evini yağmalarlardı. Dış Oğuz beylerinden Aruz, Emen ve geri kalanlar olanları duyunca "Bak bak! Görüyor musunuz? Şimdiye kadar Kazan'ın evi yağmalansa biz de aralarında olurduk. Şimdi neden aralarında değiliz?" dediler. Tüm Dış Oğuz beyleri birlik oldu; Kazan'ın yanına gelmeyip düşmanlık ettiler.

Kılbaş adında biri vardı. Kazan ona, "Bre Kılbaş! Bu Dış Oğuz beyleri her zaman gelirlerdi. Şimdi neden gelmediler." dedi. Kılbaş, "Neden gelmediklerini bilmiyor musun? Evini yağmalattığın zaman Dış Oğuzlar aralarında bulunmadı, bundan dolayı gelmediler." dedi. Kazan, "Düşman oldular öyle mi?" dedi. Kılbaş, "Hanım, isterseniz gidip dostluklarını düşmanlıklarını anlayayım." dedi. Kazan, "Sen bilirsin, git istersen." dedi.

Kılbaş, birkaç adamla beraber atına binip Kazan'ın dayısı Aruz'un evine gitti. Aruz, gölgeliğini çekmiş oğullarıyla beraber oturuyordu. Kılbaş, gelip Aruz'a selam verdi ve "Kazan'ın canı sıkıldı, 'Dayım Aruz bana gelsin'. dedi. 'Kara başım bunaldı; üzerime düşmanlar geldi. Develerimi kırıp geçirdiler, ahırdaki asil atlarımı kişnettiler, kaz gibi alımlı kızımız gelinimiz kederlendi. Gör bak benim kara başıma neler geldi. Dayım Aruz bana gelsin!' dedi."

Aruz, "Bre Kılbaş! Ne zaman Bozok ve Üçok toplanacak olsa Kazan evini yağmalatırdı. Bizim suçumuz neydi ki bu defa yağmadan nasibimizi alamadık? Bu felaketler hep Kazan'ın başına gelsin, dayısı Aruz daima ona karşı olacak. Kazan'ın düşmanıyız artık, bu böyle bilinsin." deyince Kılbaş ne cevap vermiş; görelim, efendim ne demiş:

Bre alçak!
Kazan Han yerinden kalktığı gibi
Ala Dağ'a çadırını otağını dikti.
Üç yüz altmış alp askeri yanına toplandık.
Yenilir içilirken beyler arasında seni andı,
Üzerimize düşman falan geldiği yok!
Ben senin dostluğunu düşmanlığını sınamaya gelmiştim.
Kazan'a düşmanmışsın anlamış oldum.

Kılbaş, kalkıp "Hoşça kal" deyip gitti.

Aruz çok üzüldü. Dış Oğuz beylerine adam gönderip "Emen, Alp Rüstem, Dönebilmez Dölek Evren ve geri kalan tüm beyler gelsinler." dedi. Dış Oğuz beylerinin hepsi toplandı. Aruz, alacalı divan çadırlarını düzlüklere diktirdi. Atın aygırından, devenin erkeğinden, koyunun koçundan kestirdi. İkramda bulunup, misafirlerini ağırladı. "Beyler! Sizi neden çağırdığımı biliyor musunuz?" deyince beyler, "Bilmiyoruz." dediler. Aruz, "Kazan bize Kılbaş'ı göndermiş. 'Yurdum yağmalandı, kara başım felakete uğradı. Dayım Aruz bana gelsin.' demiş. Kılbaş'a 'Ne zaman Kazan, evini yağmalatsa Dış Oğuz beyleri de aralarında olurdu. Beyler gelir, Kazan'ı selamlayıp giderlerdi.' dedim." Emen, "Peki sen ne cevap verdin?" deyince Aruz, "Bre alçak! Biz artık Kazan'a düşmanız, dedim." Emen, "İyi demişsin," dedi.

Aruz, "Peki siz ne diyorsunuz, beyler?" deyince beyler, "Ne diyelim, sen Kazan'a düşman olduğun için artık biz de düşmanız." dediler. Aruz, ortaya Mushaf[1] getirtti. Tüm beyler elini koyup yemin ettiler "Senin dostuna dost, düşmanına düşmanız." dediler. Aruz, beylerin hepsine kaftan verdi ve dönüp "Beyler! Beyrek bizden kız almıştır, damadımızdır. Ama Kazan'ın da sağ koludur aynı zamanda. Söyleyelim gelsin bizi Kazan ile barıştırsın. Bize itaat ederse iyi, etmezse ben sakalını tutayım siz de kılıçlarınızla üzerine üşüşün, parçalayın. Beyrek'i ortadan kaldıralım ondan sonra Kazan'la işimiz hayrolsun!" dedi.

Beyrek'e mektup yolladılar. Beyrek, odasında yiğitleriyle beraber yiyip içmekteydi. Aruz'dan bir adam gelip selam verdi. Beyrek selamını alınca adam, "Efendim, Aruz'un size selamı var. Beyrek lutfedip buyursun gelsin, Kazan'la bizi barıştırsın!" der. Beyrek, "Elbette!" dedi ve atını çektiler bindi; kırk askeriyle beraber Aruz'un evine geldi. Dış Oğuz beyleri otururken içeri girip selam verdi. Aruz, "Seni neden çağırdığımızı biliyor musun?" deyince Beyrek, "Neden çağırdınız?" dedi. Aruz, "Şu oturan tüm beylerle yeminleşip Kazan'a isyan ettik." dedi. Mushaf'ı getirdiler ve "Sen de ant iç!" dediler. Beyrek, "Ben Kazan'a isyan edemem." diye yemin edip konuşmaya başladı:

Ben Kazan'ın ekmeğini çok yedim,
Bunun hakkını bilmezsem gözüme dursun.
Ahırındaki asil atına çok bindim,
Bunun hakkını bilmezsem sonum tabut olsun.
Güzel kaftanlarını çok giydim,
Hakkını bilmezsem kefenim olsun.
Alacalı divan çadırına çok girdim,
Bunun hakkını bilmezsem bana zindan olsun.
Ben Kazan'dan vazgeçmem bu böyle bilinsin!

Aruz, Beyrek'in sakalını tuttu. Beyler, Beyrek'e kıyamadı. Aruz'u sinirlendirdiğini anlayan Beyrek, tekrar konuşarak,

---

1 Kuranıkerim. (haz.n.)

Aruz! Bana bunu yapacağını bilseydim,
Ahırdaki asil atıma biner;
Üstü sağlam zırhımı giyer;
Kara çelikten has kılıcımı belime bağlar;
Alnıma başıma sert miğferimi takardım.
Kargı dalı altmış tutam mızrağımı elime alır,
Ela gözlü beyleri yanımda getirirdim.

Alçak! Ben bundan haberdar olsam sana böyle gelir miydim? Aldatarak er tutmak kadın işidir. Karından mı öğrendin sen bu işi alçak herif!" dedi.

Aruz, "Saçma sapan konuşup kanına susama! Gel yemin et!" dedi. Beyrek, "Allah'a yemin olsun ki ben Kazan'ın uğruna başımı koydum. Kazan'dan vazgeçmem. İstersen yüz parça et beni!" dedi.

Aruz tekrar öfkelendi. Beyrek'in sakalını sıkıca tuttu. Beylere baktı, kimsenin gelmediğini görünce kara çelikten has kılıcını çekip Beyrek'in sağ uyluğuna vurdu, kara kana buladı. Beyrek'in başı bunaldı. Beylerin hepsi dağıldı. Herkes atına bindi, Beyrek'i de bindirdiler; götürüp çadırına yetiştirdiler, cübbesini üzerini örttüler. Beyrek bu sırada konuştu:

Yiğitlerim, yerinizden kalkın!
Aklı bozlu atımın kuyruğunu kesin,
Arku Beli Ala Dağ'ı geceleyin aşın!
Coşkun akan güzel suyu yarıp geçin;
Kazan'ın divanına hızla at koşturup varın!
Ak giysilerinizi çıkarıp karalar giyin;
'Sen sağ ol diye Beyrek öldü' deyin!

Söyleyin, alçak dayın Aruz, bir adam yollayıp Beyrek'i istetmiş; o da gitmiş. Tüm Dış Oğuz beylerinin toplandığını bilmiyorduk. Ziyafet sırasında Mushaf getirdiler, 'Biz Kazan'a isyan edip ant içtik. Gel sen de ant iç.' dediler.

Ant içmedi, 'Ben Kazan'dan vazgeçmem.' dedi. Alçak dayın öfkelendi, Beyrek'i kılıçladı. Beyrek, kara kana bulandı; sıkıntıya düştü. 'Eğer kanımı Aruz'un yanına bırakırsa yarın, kıyamet günü, iki elim Kazan Han'ın yakasında olsun.' dedi deyin."

Bir daha konuşmaya başladı:

Yiğitlerim! Aruz'un oğlu Basat gelmeden,
Yerimi yurdumu yağmalamadan,
Sürüdeki develerim sızlanmadan,
Ahırdaki asil atlarım kişnemeden,
Ağıldaki koyunlarım melemeden,
Ak yüzlü kızım gelinim inlemeden,
Nur yüzlü güzel karımı Aruz oğlu Basat almadan,
Yerimi yurdumu dağıtmadan,
Kazan bana yetişsin!
Benim kanımı Aruz'un yanına bırakmasın!
Nur yüzlü güzelimi oğluna alsın,
Ahiret hakkını helal etsin.
Padişahlar padişahı Beyrek Allah'a kavuştu bunu bilsin!

Beyrek'in anasına babasına haber verildi. Ak çadırdan evinin önünde matem feryadı koptu. Kaz gibi alımlı kızı, gelini ak giysilerini çıkarıp karalar bağladı. Aklı bozlu atının kuyruğunu kestiler. Kırk elli yiğit, karalar giyip gök rengi sarıklarını taktılar. Kazan Bey'e gelip sarıklarını yere çaldılar. "Beyrek!" diye çok ağladılar. Kazan'ın elini öptüler. "Sen sağ ol diye Beyrek öldü." dediler. "Alçak dayın hile yapmış. Bizi çağırıp oyuna getirdi. Gittik ki Dış Oğuzlar size isyan etmiş, bilmiyorduk. Mushaf getirdiler, 'Biz isyan ettik sen de bize uy!' dediler. Kendileri ise ant içti. Beyrek, ekmeğini ayaklar altına almadı, onlara uymadı. Alçak dayın Aruz, öfkelendi; Beyrek'i oturduğu yerde kılıçladı, bir uyluğuna vurdu. Sen sağ ol diye efendim Beyrek Hakk'a kavuştu. 'Benim kanımı, Aruz'un yanına bırakmasın!' dedi." dediler.

Kazan, bu haberi işitince mendilini eline alıp hüngür hüngür ağlamaya başladı; divanda inledi. Orada olan tüm beyler, ağlaştılar. Kazan gitti, odasına girdi. Yedi gün divana çıkmadı; oturup ağladı.

Beyler, toplanıp divana geldiler. Kazan'ın kardeşi Kara Göne, "Kılbaş! Git söyle ağabeyim Kazan çıksın gelsin! 'Senin yurdundan bir yiğit aramızdan eksildi.' Hem, 'Benim kanımı yerde koymasın, intikamımı alsın!' demiş. Gidelim, düşmanın hakkından gelelim' de!" dedi. Sözün kısası ikisi birlikte gittiler, Kazan'ın odasına girdiler. Selam verip "Sen sağ ol, hanım!" dediler. "Aramızdan bir yiğit eksildi. Senin yolunda can verdi. Gidip intikamını alalım. Hem 'Benim kanımı yerde bırakmayın!' diye size vasiyet etmiş. Ağlamakla bir şey olur mu? Kalk gel yukarı!" dediler. Kazan, "Münasiptir. Derhal, cephaneyi yükletsinler! Herkes gelsin atına binsin!" dedi.

Beylerin hepsi gelip atlarına bindiler. Kazan'ın doru atını getirdiler, bindi. Borular çalındı, kösler vuruldu. Gece gündüz demediler; hızla yol aldılar. Aruz'a ve tüm Dış Oğuz beylerine haber verildi. "İşte Kazan geldi." dediler. Onlar da askerlerini toplayıp borularını çalarak Kazan'ı karşılamaya geldiler. Üçok ve Bozok karşılaştılar.

Aruz, "Benim İç Oğuz'dan hasmım Kazan olsun!" Emen, "Benim hasmım Ters Uzamış olsun!" Alp Rüstem, "Benim hasmım Ense Koca oğlu Okçu Kozan olsun!" dedi. Her biri bir hasım gözüne kestirdi.

Alaylar, savaş düzeni alıp saf saf dizildiler. Borular çalınıp davullar vuruldu. Aruz Koca, savaş meydanına doğru atını sürdü. Kazan'a seslenip "Bre alçak! Benim hasmım sensin. Beri gel!" dedi. Kazan, kalkanına davrandı, mızrağını eline aldı; başının üzerinde çevirip "Bre hain! Alçaklıkla adam öldürmek nasıl oluyormuş ben sana göstereyim!" dedi. Aruz da Kazan'ın üzerine atını sürdü, Kazan'a kılıcını savurdu; ancak bir parça olsun kesemedi. İleri atıldı, sıra Kazan'a geldi. Altmış tutam uzunluğundaki alacalı mızrağını, koltuğuna kıstırıp Aruz'a bir mızrak darbesi indirdi, şimşek gibi bir hızla göğsünden girip sırtından çıktı, at üzerinden yere düşürdü. Kardeşi Kara Göne'ye işaret etti, "Başını kes!" dedi. Kara Göne attan indi, Aruz'un başını kesti.

Dış Oğuz beyleri, bunu görünce hepsi attan indiler, Kazan'ın ayaklarına kapandılar. Suçlarını itiraf edip elini öptüler. Kazan, suçlarını bağışladı. Beyrek'in kanını dayısından aldı. Aruz'un evini talan etti, yerini yurdunu yağmalattı. Yiğitler, ganimete doydu. Kazan, güzel çimenler üzerine görkemli çadırını kurdurdu. Dedem Korkut gelip saz çalıp türkü söyledi, gazi erenlerin maceralarını anlattı.

Hani bahsettiğim güzel yiğitler,
Dünya benim diyenler?
Ecel canlarını aldı yeryüzü bedenlerini örttü.
Fani dünya kime kaldı?
Gelenin gittiği dünya,
Son ucu ölümlü dünya!
Nihayet uzun ömrün son ucu da ölüm ve ayrılıktır.

Bir de dua edip kutlayalım efendim:

Allah, son nefeste hakiki imandan ayırmasın!
Ak sakallı babanın, ak saçlı ananın yeri cennet olsun!
Kadir Tanrı seni alçaklara muhtaç etmesin!
Ak alnın için beş kelime dua ettik, kabul olsun!
Amin, amin diyenler ahirette Allah'ın cemalini görsün.
Allah, sizi birlik beraberlik içinde tutsun, size gayret versin,
Muhammed Mustafa'nın hürmetine
Günahlarınızı bağışlasın, efendim!

Kırmızı Kedi Klasikler

Victor Hugo, *1871 – Paris Komünü Günleri*
Friedrich Nietzsche, *Böyle Buyurdu Zerdüşt*
Ahmet Hâşim, *Bütün Şiirleri* (Eski ve Yeni Harflerle Eleştirel Basım)
William Shakespeare, *IV. Henry – 1*
Stefan Zweig, *Bilinmeyen Bir Kadının Mektubu*
Stefan Zweig, *Amok Koşucusu*
Friedrich Nietzsche, *Deccal – Hıristiyanlığa Lanet*
Fyodor M. Dostoyevski, *Suç ve Ceza*
Franz Kafka, *Ceza Sömürgesi*
Franz Kafka, *Bir Kardeş Cinayeti*
Samipaşazade Sezai, *Sergüzeşt* (Sadeleştirilmiş Metin)
Hüseyin Rahmi Gürpınar, *Kuyruklu Yıldız Altında Bir İzdivaç*
Jack London, *Beyaz Diş*
Stefan Zweig, *Mecburiyet*
Jean-Jacques Rousseau, *Toplum Sözleşmesi*
Virginia Woolf, *Deniz Feneri*
Stefan Zweig, *Bir Kadının Hayatından 24 Saat*
Jack London, *Genç Boksör*
Ömer Seyfettin, *Yüksek Ökçeler* (Seçme Hikâyeler)
Stefan Zweig, *Satranç*
Lev N. Tolstoy, *Kafkas Esiri*
Lev N. Tolstoy, *Üç Ölüm*
Franz Kafka, *Bir Köpeğin Araştırmaları*
Stefan Zweig, *Ayışığı Sokağı – Yürek Çöküntüsü*
G.W.F. Hegel, *Estetik*
Franz Kafka, *Amerika*
Virginia Woolf, *Kendine Ait Bir Oda*
Alexandre Dumas, *Tepedelenli Ali Paşa*
Ferîdüddin Attâr, *Bu Soyut Nakış Nedir?* (Seçme Rubailer)
Ahmet Hâşim, *Gurebâhâne-i Laklakan*
Aleksandr Puşkin, *Dubrovski*
Paul Lafargue, *Tembellik Hakkı*
William Shakespeare, *Bir Yaz Gecesi Hülyası*
Virginia Woolf, *Dalgalar*
Sun Bin, *Kayıp Savaş Sanatı*
Yedi Askı Şiirleri (Muallakalar)

Herman Melville, ***Billy Budd***
William Shakespeare, ***Hamlet***
Oscar Wilde, ***Dorian Gray'in Portresi***
Alexis de Tocqueville, ***Demokratik Despotizm***
Ahmet Hâşim, ***Frankfurt Seyahatnamesi***
Halid Ziya Uşaklıgil, ***Aşk-ı Memnu***
Mihail Afansyeviç Bulgakov, ***Şeytani***
Katherine Mansfield, ***Bahçe Partisi***
Jan Potocki, ***Zaragoza'da Bulunmuş Elyazması***
Joseph Roth, Stefan Zweig, ***"Benimle Dostluk Zordur" – Mektuplaşmalar (1927-1938)***
Marie-Henri Beyle Stendhal, ***Parma Manastırı***
Luigi Pirandello, ***Biri Hiçbiri Binlercesi***
Fyodor M. Dostoyevski, ***Yeraltından Notlar***
Sâdık Hidâyet, ***Kör Baykuş***
Friedrich Engels, ***Cola di Rienzi***
Ahmet Midhat Efendi, ***Jön Türk***
Fernando Pessoa, ***Mesaj***
Franz Kafka, ***Dönüşüm***
Ekrem Reşit Rey, ***Barbaros Hayrettin'in Hayatı***
Immanuel Kant, ***Fragmanlar***
Mihail Afansyeviç Bulgakov, ***Bir Ölünün Anıları***
Recaizade Mahmut Ekrem, ***Araba Sevdası***
Rabindranath Tagore, ***Sessizlikle Yıka İçini***
Johann Wolfgang Goethe, ***Genç Werther'in Acıları***
Lev Tolstoy, ***İvan İlyiç'in Ölümü***
Mark Twain, ***Şuursuz İntihal - Seçme Konuşmalar***
Jack London, ***Vahşetin Çağrısı***
Halid Ziya Uşaklıgil, ***Mai ve Siyah***
Ömer Seyfettin, ***Efruz Bey***
Honoré de Balzac, ***Kuzin Bette***
H.G. Wells, ***Görünmez Adam***
Federico García Lorca, ***Karanlık Manolya***
Katherine Mansfield, ***Ah Bu Rüzgâr***
Herman Melville, ***Kâtip Bartleby***
Ahmet Midhat Efendi, ***Müşahedat***
Matsuo Başô, ***Kuzeye Giden İnce Yol ve Diğer Gezi Notları***
Xavier de Maistre, ***Odamda Yolculuk - Odamda Gece Seferi***
Hüseyin Rahmi Gürpınar, ***Kesik Baş***
Nabizade Nâzım, ***Zehra***

Leonardo da Vinci, ***Paragone - Sanatların Karşılaştırılması***
William Shakespeare, ***Othello***
Rüştü Onur - Muzaffer Tayyip Uslu - Kemal Uluser,
Kara Elmas Diyarında Üç Genç Kalem
Mabeyinci Pavlos, ***Altın Yağmur***
John Buchan, ***39 Basamak***
Ahmet Hâşim, ***Bize Göre ve Bir Seyahatin Notları***
Franz Kafka, ***Dava***
Halid Ziya Uşaklıgil, ***Kırık Hayatlar***
Virginia Woolf, ***Mrs. Dalloway***
William Shakespeare, ***Romeo ile Juliet***
Fatma Aliye, ***Udi***
Mehmet Rauf, ***Eylül***
William Shakespeare, ***Kral Lear***
Namık Kemal, ***İntibah***
Hüseyin Rahmi Gürpınar, ***Şıpsevdi***
Guido Cavalcanti, ***Bütün Şiirleri***
Dante Alighieri, ***Ziyafet***
Şinasi, ***Şair Evlenmesi***
Ahmet Midhat Efendi, ***Felâtun Bey ile Râkım Efendi***
Sigmund Freud, ***Totem ve Tabu***
Sigmund Freud, ***Cinsiyet ve Psikanaliz***
Sâdık Hidâyet, ***Aylak Köpek***
Galileo Galilei, ***Yıldızlardan Gelen Haber***
Şemsettin Sami, ***Taaşşuk-ı Talat ve Fitnat***
Virginia Woolf, ***Bir Yazarın Günlüğü***
Lev Troçki, ***Hayatım***
Kenan Hulisi Koray, ***Osmanoflar***
Burhan Cahit Morkaya, ***Kızıl Serap***
Else Lasker-Schüler, ***Büyük Bir Yıldız Düşecek Kucağıma***
Virginia Woolf, ***Londra Manzaraları***
Arthur Rimbaud, ***Yüreğinin Sesinden Başka Şey Dinleme***
Nabizade Nâzım, ***Karabibik***
Halid Ziya Uşaklıgil, ***Nemide***
Robert Musil, ***Aforizmalar***
Ethem Nejat, ***Ütopik Hikâyeler***
George T. Dennis, ***Strategikon***
Samipaşazade Sezai, ***Küçük Şeyler ve Diğer Hikâyeler***
William Shakespeare ***Atinalı Timon***